DORAS FUINNEOG SCUAB

LEIS AN ÚDAR CÉANNA:

*Úrscéalta*
Gealach
Hula Hul
Sceilg
Scéal Eitleáin

*Cnuasaigh Gearrscéalta*
Úlla
Banana
The Atheist and Other Stories
Ding agus Scéalta Eile

# Doras Fuinneog Scuab

Úrscéal le
**Seán Mac Mathúna**

An Chéad Eagrán 2015
© Seán Mac Mathúna 2015

ISBN 978-1-909907-57-7

*Ní thagraíonn aon phearsa ficseanúil sa scéal seo
d'aon duine sa saol réadúil.*

Gach ceart ar cosnamh. Ní ceadmhach aon chuid den
fhoilseachán seo a atáirgeadh, a chur i gcomhad athfhála,
ná a tharchur ar aon mhodh ná slí, bíodh sin leictreonach,
meicniúil, bunaithe ar fhótachóipeáil, ar thaifeadadh nó eile,
gan cead a fháil roimh ré ón bhfoilsitheoir.

Clóchur, dearadh agus pictiúr clúdaigh: Caomhán Ó Scolaí

Clódóireacht: Clódóirí Lurgan

Foras na Gaeilge

Tugann Foras na Gaeilge tacaíocht airgid do Leabhar Breac

Tugann An Chomhairle Ealaíon tacaíocht airgid do Leabhar Breac

Leabhar Breac, Indreabhán, Co. na Gaillimhe.
Teil: 091-593592

do **Jean Fair**

Dhúisigh an buachaill go tobann. Roimhe san bhí sé ag taibhreamh ar stoirm in úllord agus úlla ag preabadh ar fud na háite. Anois d'éist sé lena chompánaigh ina gcodladh in aice leis. Taobh amuigh de na fuinneoga bhí na crainn mhóra ag luascadh sa ghaoth agus chaitheadar a scáthanna ar na fallaí bána sa tsuanlios. In áit éigin chuala sé teilifís ar siúl os ard go dtí gur múchadh é. Ansan daoine ag gáire, ansan doras ag plabadh. Ansan ciúnas. D'fhéach sé ar a uaireadóir. Bhí sé díreach a dó dhéag. Bhrostaigh sé go dtí an t-almóir agus thóg sé amach a chuid éadaigh — chuir sé air dhá phéire jeans, geansaí trom, anorac agus bróga reatha Nike. Ansan shleamhnaigh sé trasna go dtí leaba in aice na fuinneoige agus dhúisigh sé an buachaill a bhí ina chodladh ann.

'A Shéimí!' ar seisean. D'oscail an buachaill a shúile is d'fhéach sé ar an mbuachaill eile.

'Cad atá uait, a Dor?' ar seisean go codlatach.

'An cuimhin leat an plean a dhein mé?'

'Sea, is cuimhin.'

'Bhuel, seo é é, táim ag imeacht anois, ar mhaith leat teacht liom, a Shéimí?'

D'éist Séimí leis an ngaoth a chuir na fuinneoga ag canrán agus shuncáil sé é féin síos sa leaba. ''Dhorais, táim ró-óg,' a dúirt sé.

'Táimse a trí déag,' arsa Doras, 'beagnach a ceathair déag aon lá anois, agus níl tusa ach dhá mhí níos óige ná mé.'

D'fhéach sé ar aghaidh Shéimí agus chonaic sé go raibh an buachaill míshásta.

''Dhorais,' ar seisean, 'an uair dheireanach a d'éalaigh an bheirt againn ba bheag nár cailleadh leis an bhfuacht sinn ar an dtrá. Agus ansan chuireadar anso sinn i Naomh Cecilia, an dílleachtlann is crua dá bhfuil ann. Má bheirtear orainn an turas seo cuirfear go dtí Naomh Jerome sinn, agus ainm eile ar an áit san ná "Naomh Slán Leat!" Nílim ag imirt an turas seo, a Dor.'

'Naomh Slán Leat! Sea! Tá go maith, más ea, seo chuige mé,' agus chuaigh sé thar n-ais go dtína leaba féin is chuir cuma uirthi mar dhea is go raibh buachaill fós inti.

'Cá bhfuil tú ag dul an turas seo?' arsa Séimí.

'Níl a fhios agam. Amach fén dtuath, b'fhéidir. Sea, bheadh an tuath níos sábháilte, beirtear i gcónaí ort sa chathair. Ach tá an tuath lán d'ainmhithe agus madraí. Slán, a Shéimí.'

'Cad a dhéanfaidh tú i dtaobh Blackie? Tá's agam go bhfuil bua agat le madraí — ach Blackie? Sin scéal eile istoíche.'

'Raghaidh mé sa tseans.'

Bhí fothram amuigh sa phasáiste agus d'fhan an bheirt ina staic. Ba é an tUasal Mac Eoin é agus é ag siúl timpeall. Léim amháin agus bhí Doras thar n-ais ina leaba agus é suncáilte síos inti. Osclaíodh an doras, agus phreab ga solais timpeall an tseomra gan leaba a chailliúint. Chualadar a ghuth: 'A naoi, a deich, a haon déag.' Ansan, go han-mhall, dúnadh an doras arís, agus ina dhiaidh san chualadar a choischéimeanna ag dul in éag.

Thug Doras cúig nóiméad eile dó. Ansan phreab as an leaba, leag lámh ar ghualainn a chara, is d'fhág an seomra. Síos an dorchla leis agus na bróga reatha ina láimh aige. Bhí áthas air nach raibh Séimí ag teacht leis mar bhí sé saghas mall agus mhillfeadh sé an scéal air. Chuaigh sé isteach i seomra níocháin a sé agus d'éist sé le píobáin an teas lárnaigh ag séideadh is ag slogadh. In áit éigin plabadh doras. Gan aon choinne bhraith sé an-uaigneach. Bhí na píobáin ag caint leis agus is é a bhí á rá acu ná: 'Bíodh ciall agat, téir thar n-ais go dtí do leaba bhreá the'. Chuaigh sé amach sa dorchla agus d'fhéach sé suas. Ansan d'fhéach sé síos. Chas sé agus thóg sé coiscéim suas. Ansan stop sé. Bhí rud éigin eile ag caint leis agus níorbh aon phíobán é. Is é a bhí á rá ag an rud seo ná: 'Bíodh misneach agat'. 'Tá go maith,' arsa Doras ina aigne féin agus ghlan sé leis síos an dorchla agus amach leis sa chlós trí fhuinneog sa chistin.

Bhain an t-aer fuar cnead as ach bhí sé ag guí nach gcloisfeadh éinne é agus é ag siúl ar an ngrean mar gur dhein na clocha beaga faoi chois fústar mór. D'fhéach sé ar an dílleachtlann — bhí fuinneog amháin faoi sholas —

ba leis an Uasal Mac Eoin í sin. Bhí sé ag léamh, b'fhéidir.

Léim sé ón ngrean go dtí an féar glas agus thuirling sé gan glór ar bith mar bhí an féar breá ciúin. Gan aon mhoill bhí sé istigh sna labhróga a bhí ag bun an fhalla. Thug sé an tsracfhéachaint dheireanach ar an teach mór a bhí mar bhaile aige le dhá bhliain roimhe sin. Baile? Fan go fóill. Ní baile a bhí ann ach teach mór ina bhfuair sé fothain ón aimsir agus trí bhéile in aghaidh an lae. Sin é an fáth go raibh sé ag imeacht. Mar theastaigh baile uaidh, áit ina mbeadh fáilte roimhe i gcónaí. Agus cá bhfaighfeadh sé a leithéid d'áit? Bhuel!

Mhúch solas an Uasail Mhic Eoin — bhí an áit anois ar fad ciúin agus an-dorcha. D'fhéach sé ar bharr an fhalla — bhí sé indéanta. Go tobann reoigh an croí ann — bhí glór beag laistiar de. Chas sé timpeall agus cé a bheadh ann ach Blackie. Madra mór ba ea é nach raibh dubh in aon chor mar alsáiseach bán a bhí ann agus clú mallaithe air i measc na mbuachaillí eile. B'ionadh leo nuair a chonaiceadar go raibh Doras ábalta ar é a láimhseáil gan stró.

Ach anois ní raibh Doras róchinnte sa dorchadas, agus an sceamh a bhí ag teacht ón madra, bhí sé nimhneach. 'Hé! a Bhlackie, a pheata, tá's agat mise, Doras, do chara. Sea, do chara.' Agus shín sé a lámh chun an mhadra. D'fhan an madra mar a raibh.

'Seift a haon,' arsa Doras ina aigne féin, agus thóg as a phóca píosa de shlisín agus thaispeáin don madra é.

D'fhéach an bheirt ar a chéile. Chuir Doras ina bhéal féin é agus bhris fén bhfiacail é, rud a scaoil boladh na muice chun an mhadra. Ach ní raibh an alsáiseach ag imirt. Sea, más ea, bhí gá le seift a dó. Bhí gríscín uaineola aige a bhí ina chnáimh ar fad, ach smut feola greamaithe de sa chúinne. Chomh luath is a chonaic an madra é bhí sé i ngrá le Doras láithreach. An fhaid is a bhí Blackie ag cogaint leis thug Doras fén bhfalla agus nuair a bhain sé amach an barr scaoil sé osna teannais as féin. 'Hé, a Bhlackie, a phlobaire ghránna, slán leat go deo,' arsa an buachaill — ach le cion, mar ní raibh an focal fuar ina phluic aige do mhadraí riamh. Agus thuig Blackie an scéal mar nár dhein sé ach casadh agus imeacht leis go leadránach.

Sea, b'in an cháil a bhí ar Dhoras, é a bheith ar a chumas madraí a láimhseáil, ba chuma cé chomh mallaithe is a bheidís. 'Madraí agus mise — tuigimid a chéile.' Sin a déarfadh sé i gcónaí. Agus ina aigne féin mheas sé go mb'fhéidir go raibh sé féin tráth, i saol eile b'fhéidir, ina mhadra — nó rud éigin mar sin. Bhí a fhios aige go raibh an bua san aige ach mheas sé freisin go raibh bua éigin ag gach éinne óg is aosta — is é sin, más féidir leo é a aithint.

Stop Blackie agus chas sé agus lig sé giúin as. Thuig Doras láithreach cad a bhí tarlaithe. Bhí a fhios ag Blackie go raibh sé ag éalú agus theastaigh uaidh dul leis. Anois bhí sé i bponc mar bheadh air dul síos go Blackie arís agus é a chur thar n-ais go dtína bhosca oíche.

Thógfadh sé sin rófhada. Ina ionad, is éard a dhein Doras ná dreapadh síos an falla go dtí an tsráid, áit inar thit sé agus inar iompaigh sé é féin ar an talamh mar a dhéanfadh aon chommando maith. Ansan phreab sé agus rith ar a dhícheall. Stad sé agus d'éist — níor chuala sé an madra ag glamaíl. 'OK, a mhic, seo chughainn an chathair,' arsa Doras, agus dhein sé a bhéal a chlúdach beagnach le bóna an anoraic. Choinnigh sé leis an taobh den tsráid ina raibh na scáthanna.

Bhí gaoth fhuar ag séideadh trí Bhaile Átha Cliath ón iarthar ach bhí an t-earrach tagtha agus bhí na sráideanna lán de chrainn silíní agus gach uair a théadh gluaisteán thart dhéanadh sé na bláthanna bándearga a lasadh suas. Shiúil sé an-tapaidh mar theastaigh uaidh lár na cathrach a bhaint amach mar is ann a bheadh na sluaite daoine agus bhí sluaite daoine sábháilte. De réir mar a tháinig sé in aice lár na cathrach is ea a thug sé na siopaí bia go léir faoi deara, bialanna sceallóg, bialanna Síneacha agus bialanna Iodálacha, áiteanna ceibeab, parlúis píotsa, áiteanna burgar, sicín Kentucky agus pancóg, siopaí uachtar reoite. Bhí a theanga amuigh le dúil de gach saghas agus bhí ocras thar an ngnáth air mar an mhaidin san bhí sé dána agus cuireadh chun a leaba é gan dinnéar. Bhí fadhb eile aige. Pingin ní raibh aige. Chuir boladh an bhia deabhadh air agus bhrostaigh sé leis isteach go dtí an lár agus fén am ar shroich sé an lár bhí sé lag leis an ocras.

Stad sé ag na soilse tráchta istigh i gceartlár na cathrach agus gan tuairim aige cad a dhéanfadh sé. D'fhéach sé ina thimpeall, agus i ngach áit ba é an scéal céanna é. Bhí daoine ag rith as áiteanna bia le cartáin is boscaí is málaí agus ag léimt isteach i ngluaisteáin agus gach scairt gháire astu agus iad ag gearradh leo tríd an oíche.

Go tobann, baineadh sceit as mar cad a bheadh thall ar an dtaobh eile den tsráid ach scuadcharr na ngardaí. Bhí beirt ghardaí tar éis léimt as agus dul i ngreim le scata déagóirí a bhí callánach glórach go maith. D'fhág sé an áit láithreach agus d'éalaigh sé leis síos na cúlsráideanna go dtí na céanna mar bhí an áit san an-dorcha agus bhraith sé níos sábháilte dá bharr san.

Bhíodh na gardaí i gcónaí ag stopadh daoine agus ní mór an seans a bheadh ag buachaill ceithre bliana déag d'aois ag uair an mheánoíche. Dhein sé iarracht ar é féin a dhéanamh níos airde. Shiúil sé ar a bharraicíní agus chuir sé smuilc air féin, mar bíonn smuilc ar dhaoine fásta.

Ghabh sé thar siopa sceallóg eile. Bhí seisear sa scuaine ag an gcuntar. Shiúil sé caoga slat eile nó mar san agus stad sé. D'fhéach sé amach ar na céanna, áit a raibh an trácht ag éirí gann mar bhí sé ag éirí déanach. Bhí air cinneadh a dhéanamh agus bhí fuath aige ar chinneadh a dhéanamh mar bheadh trioblóid i gceist. Agus scéal a bheatha? Trioblóid!

An uair dheireanach a d'éalaigh sé le Séimí ba í an fhadhb ba mhó a bhí acu ná bia a fháil agus leaba istoíche.

Agus ansan rugadh orthu ar an dtrá! 'Bhuel ní raibh sé sin chun tarlúint an turas seo,' a dúirt Doras beagnach os ard agus dúirt sé arís is arís é. Thug sé sin sásamh dó. An turas seo beidh sé difriúil! Dhún sé a bhéal agus bhuail na fiacla ar a chéile agus shiúil sé suas go dtí an siopa sceallóg. Isteach leis agus thóg sé a ionad ag deireadh na scuaine. Cheap sé go leagfadh boladh na sceallóg é.

'Cad atá uait?' arsa an bhean ramhar seo agus a haghaidh báite in allas.

'Mála mór sceallóg, ispín amháin. Ní hea, dhá cheann ... ní hea, trí cinn, agus filléad colmóra,' ar seisean go breá socair ach an-mhúinte. Seo na huiscí isteach ina bhéal le dúil. Ní raibh éinne ag caint agus ní raibh aon ghlór le cloisteáil ach na hispíní ag friochadh san íle. Ba dheas an glór é.

Ach, fan, bhí glór eile! Agus bhí sé ag dul i méid! Cad é, arú? Ba bheag nár thit sé nuair a fuair sé amach cad é féin! A chroí ag bualadh! Cé a déarfadh é? A chroí féin! D'fhéach sé ina thimpeall. Bhí bean chun tosaigh air agus chuir sí cluas le héisteacht uirthi féin. Thosnaigh Doras ag slogadh, le féachaint an bhféadfadh sé é a stopadh — ach bhí an bualadh ag dul i méid. Chas an bhean is d'fhéach sí air. Ní raibh sí cinnte cad as ar tháinig an glór. Thóg Doras sceit ar fad agus thosnaigh sé ag portaireacht dó féin le súil go stopfadh sé an glór. Chas an bhean air agus chuir sí na súile tríd. Ansan chas sí ar na daoine eile agus labhair os ard.

'Nach mór an náire é buachaill chomh hóg seo a

bheith ar meisce! Tá an saol ag dul in ainm an phota, a deirim, in ainm an phota!'

D'fhéach gach éinne ar Dhoras agus iad an-ghearánach, agus gach 'ar meisce!' astu. Tháinig an bhean ramhar aniar as an siopa agus scread sí ar Dhoras. 'No meisce anso, capisco?'

Scread Doras thar n-ais uirthi: 'No meisce, ní ólaim!'

'Cén fáth tú cana?' Shiúil sí síos go bun an tí agus dhírigh sí a lámh ar phóstaer a bhí ar an bhfalla, agus scríte air bhí 'No casachtaí, No béicí, No canaí.' Bhí a chroí ina bhéal ag Doras mar bhí eagla air go gcuirfí fios ar na gardaí.

'Mio no cana, gabh mo leithscéal. Táim sa chór eaglaise. Tá mé ag cleachtadh don maidin amárach, Dé Domhnaigh, Aifreann, an dtuigeann tú?'

Stop san an bhean ramhar, ach lean sí ag cur na súl tríd. Ansan ní dúirt sí ach 'no cana' agus chuaigh sí thar n-ais laistigh den gcuntar.

'Go bhfóire Dia orm ach bhí sé sin an-chóngarach,' arsa Doras leis féin, ach bhí an croíbhualadh imithe.

Bhog an scuaine ar aghaidh. Bhailigh an bhean a bhí roimhe a cuid bia agus d'imigh go bacach go dtí an doras. Dhein an bhean ramhar bia Dhorais a chlúdach i bpáipéar nuachtáin agus bhuail ar lár an chuntair é. 'Cúig euro déag,' ar sise, beagnach ina bhéic.

D'fhéach Doras sa scáthán, mar dhea, agus chonaic sé an bhean ag útamáil leis an doras. 'Scéal cam ort, a óinseach,' ar seisean os íseal. Ní fhéadfadh sé éalú!

In ionad rith níor dhein sé ach labhairt an-mhúinte ar fad le bean an tí. 'A bhean chóir, an bhféadfá mála a thabhairt dom freisin? Tá mo dhaidí ag feitheamh liom sa BMW.'

D'fhéach sí go míchéadfach air agus mheas sé go raibh sí chun é a bhualadh. Dhein sé gáire léi. Sa deireadh ghéill sí. 'Franco, una plastica!'

Go tobann bhí bean na hútamála imithe agus an doras ag feitheamh leis. Mar philéar as gunna rug Doras ar an mála plaisteach agus ghlan leis amach an doras de léim agus thuirling sé ar an gcosán. Ach níor stop sé nuair a chuala sé an scread a lig an bhean ramhar aisti. Cheapfá gur chuir duine éigin scian inti.

Síos an tsráid leis agus na cosa ag rith ar aer, beagnach. B'in an uair a chuala sé an rírá taobh thiar de. An bhean ramhar — chloisfeadh an saol eile í. 'A Franco, Alberto, Luigi, scarperera! Scarperera! Bandito! Ladrones!'

Nuair a chuala sé an triúr ag teacht ina dhiaidh is gach béic astu ba bheag nár stopadh an croí ann. Phreab sé isteach sa chéad chúlsráid a chas ina threo, agus síos leis go dtí bun na sráide go dtí gur tháinig sé go dtí leoraí páirceáilte. Isteach leis faoi agus d'fhan ansan ina chnuaisín mar a bheadh cat. Bhí gearranáil air, agus an eagla a bhí air go gcloisfí an ghearranáil. Ní rabhadar i bhfad taobh thiar de agus, de réir dealraimh, bhí clann an-mhór ag an mbean ramhar mar ar fud na gcúlsráideanna go léir bhí na guthanna Iodálacha seo ag scréachach, agus na cosa in airde, 'Luigi, Alberto, tá sé anso, no, no, Giorgio, tá sé ansiúd, Alberto, Piano! Tá sé ansin.' Ach ní bhfuaireadar é agus níor dheineadar ach rásaíocht síos suas an ceantar ar fad.

Chaitheadar go léir na bróga reatha céanna — dearg, bán is gorm. Agus cad a tharlódh ach gur stop péire díobh díreach in aice leis an leoraí. Stad Doras an t-análú. Ansan chuala sé an guth in aice leis, 'Tá an rógaire anso,' agus sádh ceann isteach fén leoraí. 'A Giorgio, tá sé anso in aice liom, an bandito.' Ach má dúirt, phreab Doras amach an taobh eile agus ghlan sé leis isteach i gcúlsráid eile, agus an mhíorúilt ná go raibh na sceallóga fós ina ghreim aige.

Ach bhíodar ag breith suas air. Chuala sé torann na mbróg ag teacht in aice leis. Gan aon choinne, cad a tharla ach gur léim duine acu as sráidín agus ba bheag nár leag sé Doras. Leanadar é arís ach anois thuigeadar go raibh mo dhuine acu agus thosnaíodar ag béicíl 'Bandito!'

Chuir an bhéicíl an oiread san eagla ar Dhoras gur thit an mála bia as a láimh — cé gur choinnigh sé dornán sceallóg fós. Chuala sé béic de shaghas eile taobh thiar de, agus d'fhéach sé ina dhiaidh. Cad a bheadh ann ach gur shleamhnaigh duine acu ar na sceallóga a bhí tite ar an tsráid agus thit sé agus thug sé deartháir eile leis.

Thug san am do Dhoras teitheadh isteach i mbialann. Bhain sé iontas as an lucht ite nuair a chonaiceadar an déagóir seo ag réabadh trí na boird chucu, agus ansan ag léimt isteach sa chistin agus triúr scafairí ina dhiaidh agus gach béic astu. Léimeadar isteach sa chistin ina dhiaidh. Chonaic sé doras agus dhein sé caol díreach air ach leag sé plátaí folmha a bhí carntha ar bhord. An fothram a dheineadar ag titim ar an urlár thabharfadh sé fuil as cloch. Bhéic triúr cócairí, bhéic cailín freastail, bhéic na hIodálaigh — bhí an saol iomlán ag béicíl.

Bhí an t-ádh le Doras mar bhain sé amach clós beag agus pasáiste as ag dul amach ar shráid eile. Thug an tsráid san go sráidín eile é agus isteach i sráid mhór agus mar san de go dtí go raibh sé tar éis iad a chailleadh. Ní fhéadfadh sé é sin a chreidiúint agus chuaigh sé ar a ghlúine agus bhí a fhios aige nach raibh aon rith fanta ann.


Díreach os a chomhair chonaic sé lána beag. Léim sé isteach ann agus fuair sé amach go raibh sé taobh thiar de mhonarcha éigin. Bhí seanbhoscaí thall is abhus agus ceann an-mhór le falla in aice leis. É sin agus málaí plaisteacha de gach saghas i ngach áit. Chuir sé a dhroim le falla agus dhún sé na súile. D'fhan sé mar san agus análacha doimhne á dtógaint aige go dtí gur éirigh leis análú ar a shuaimhneas arís. Bhí boladh na sceallóg an-láidir. D'oscail sé a lámh is dhein sé na sceallóga a lí lena theanga. Ansan thosnaigh sé orthu is níor sheasadar leathnóiméad. Bhí rud amháin cinnte — bhí gá lena thuilleadh sceallóg.

'Sea. Cá bhfuil mo chuidse sceallóg?' arsa guth taobh leis. Ba bheag nár thit Doras leis an ionadh. D'fhéach sé síos agus isteach sa bhosca. Ní raibh le feiscint sa dorchadas ach ceann mothallach liath — bhí gruaig ag imeacht soir is siar. 'Tramp,' arsa Doras os íseal.

Bhuel, má dúirt, léim mo dhuine as an mbosca agus is fear ard a bhí ann agus é an-tanaí — b'fhéidir gur ocras a bhí air.

'Féach, a dhuine,' ar seisean go crosta, 'go breá réidh le do phluca, bíodh a fhios agat gur duine uasal mise, agus ní ghlacaim le haon saghas cacamais ó éinne. Is mise Pascal Alexander Johnstone, duine uasal mé. Anois! Cá bhfuil mo chuidse sceallóg?'

'Ite,' arsa Doras.

'Faigh a thuilleadh, más ea.'

'Cén fáth?'

'Mar is liomsa an paiste seo, agus caithfidh tú cíos a dhíol liom.'

'Cíos! Nílimid i Chicago, an bhfuil?' Ach dhein sé machnamh air. 'Sceallóga an cíos?'

'Agus colmóir.'

Ní raibh ach solas sráide amháin ag obair san áit agus chuir sé scáthanna aite ar aghaidh an tramp agus ar an dá shúil a bhí lán de ghreann agus spéis. Ansan bhuail smaoineamh é agus dhruid sé níos gaire don mbosca. D'fhéach sé isteach — bhí gach rud ina cheart. Tramp amháin a bhí ann — ní fhéadfadh sé déileáil le beirt.

'Níor dhíol mé cíos riamh ach is dócha go bhfuil sé in am tosú. Ach tá fadhb agam — dhein mé rud, bhuel anocht dhein mé….'

'Tá's agam, chonaic mé ar fad é — réab tú isteach i

siopa Mhissus Mussolini, bhí a fhios agam láithreach gur lúbaire a bhí ionat. Cad a fuair tú uaithi?'

'Filléad colmóra, ispíní móra, agus sceallóga móra.'

'Cá bhfuil an colmóir?'

D'inis Doras an drochscéal dó. 'Thit sé ar an dtalamh agus shiúil Giorgio air.'

'Bastairdín ceart é Giorgio, ní fhéadfá do chos a tharrac gan fhios dó. Ó mo léir chráite! Colmóir breá millte agus mise anso scrúdta leis an ocras.'

Tháinig mo dhuine amach as an mbosca. 'Missus Mussolini, ní féidir léi sceallóga deasa a dhéanamh, níl aon chócaireacht aici, itheann sí féin an iomarca. Cá ndéanfaidh tú codladh anocht?'

'Níl aon áit agam.'

'Caithfimid leaba a shocrú duit. Mór nó beag?'

'Bhuel, bhfuil mór OK?'

'OK agus seana-OK.'

Dhruid sé amach go dtí an cnoc bruscair agus don gcéad uair chonaic Doras i gceart é. Cóta mór dubh a bhí air agus ar a laghad fiche preabán ag léimt nuair a shiúil sé. Bhí nuachtáin sáite sna pócaí, agus bríste deinime a bhí gorm fadó. Ina ainneoin san bhí péire bróg sléibhe air a bhí thar barr ar fad.

'Cá bhfuairis na bróga sléibhe?'

'Ní bhaineann sé leat. Cad is ainm duit?'

'Doras.'

'Íosa Chríost! An bhfuilim sábháilte? Doras!'

'Dorian, a bhí orm tráth ach ní maith liom é.'

'OK, a Dhorais, seo do leaba,' agus tharraing sé bosca mór as an gcnoc agus leag síos é in aice an chinn eile. 'Bosca Toyota, is é is fearr, ní maith liom Mazda ná Microsoft. Tugann daoine Pa orm.'

D'fhéach Doras síos ar an mbosca. Go tobann d'oscail Pa mála a bhí lan de shliseanna plaisteacha agus scaoil sé síos isteach sa bhosca iad. 'Luigh isteach,' ar seisean.

Luigh Doras isteach agus is é a bhí compordach. Scaoil sé a thuilleadh sliseanna plaisteacha anuas air. Bhí Doras leathmhúchta ag na sliseanna polaistiréine ach cheana féin bhraith sé an codladh ag titim air — bhí an bosca chomh te san — agus ní raibh siolla den ngaoth ann.

'Hé, a Pha, tá sé seo go hiontach ar fad, leaba as bosca Toyota!'

'Deir an-chuid daoine gur ginias mé. Uaireanta ceapaim go bhfuil an ceart acu.'

Chuaigh an bheirt acu a luí, ach néal codlata níor thit orthu mar is ag smaoineamh ar sceallóga a bhíodar. Thosnaigh Pa ag cur síos ar an mbia is fearr a bhí riamh aige. Sa deireadh d'iarr Doras air éirí as an gcaint. Díreach agus an codladh ag titim orthu labhair Pa: 'Níl ach áit amháin sa chathair seo ina ndeintear sceallóga maithe, sin Missus Scorpio.'

'Dein dearúd air, nílim chun ligean do dheichniúr Iodálach a bheith i mo dhiaidh, nílim go deo!'

'Níl aon Iodálach ag Missus Scorpio, níl ann ach í féin, ach ní dheineann éinne teitheadh ach an oiread.'

'Cén fáth?'

'Mar nílid as a meabhair! Tá an madra is mallaithe ar domhan laistigh den gcuntar aici, saghas clobberman.'

Léim Doras suas agus chuir sé polaistiréin ar fud na háite. 'Bhfuil tú cinnte? Níl aici ach madra?'

Thóg Pa a cheann agus d'fhéach sé thar an mbosca ar Dhoras. 'A Dhorais, a mhic, ní madra é seo ach ainmhí. Ainmhí allta fiáin. Beithíoch damanta. Bíonn an diabhal ag guí go ndéanfadh duine éigin teitheadh. Agus dá ndéanfadh — ba bhia madra é.'

'Bhfuil tú cinnte nach bhfuil ach seanmhadra ann chun an siopa a chosaint?'

'Seanmhadra! Ainmhí a dúirt mé, ainmhí darbh ainm Garibaldi.'

'Fág an t-ainmhí fúmsa, a Pha.'

'Fútsa! Tá scéal Gharibaldi ag an mbaile ar fad.'

'A Pha, dheinis leaba dheas dom, ba mhaith liom fabhar a dhéanamh duit. Cad a déarfá le cúpla colmóir?'

D'fhéach Pa ar Dhoras tamall fada sular fhreagair sé go mall agus os íseal. 'Ós rud é go bhfuil tú chun bás a fháil, seo an t-ordú a chuirim isteach: burgar marfach speisialta Scorpio, le cáis, gan ghircín, dhá mhála mhóra sceallóg — trom leis an bhfínéagar, éadrom leis an salann — agus ispín galrollóra amháin, píóg úll amháin, Pepsi amháin.'

'Cá bhfuil sé?'

'Ar an gcé thoir, thar an droichead, siopa ar an gcoirnéal. Íosfar thú.'

'OK, tabhair aire do mo leaba go dtí go bhfillfidh mé,' agus shiúil sé síos an lána.

D'fhan Pa ina bhosca. 'Ní chreidim é seo,' ar seisean. Tar éis tamaill, ar seisean os ard: 'Is stair í seo,' agus phreab sé ina sheasamh. 'Beidh sé sna páipéir go léir!' Léim sé amach go lár an lána agus d'fhéach sé i ndiaidh Dhorais. 'Chím na ceannlínte sa pháipéar: Buachaill Ite ag Madra Fíochmhar. Caithfidh mé é seo a fheiscint,' agus seo leis ina dhiaidh.

Chonaic sé Doras ag dul thar an ndroichead agus ag siúl isteach sa tsiopa. An eagla a bhí ar Pa ná go mbeadh a fhios ag an madra go raibh sé le Doras.

D'fhéach sé ina thimpeall agus chonaic sé veain aráin páirceáilte in aice leis. Chuaigh sé suas uirthi agus luigh sé síos.

Bhí Doras ag an gcuntar, agus Missus Scorpio ina haonar.

'Catáuait?' ar sise.

'Dhá bhurgar mharfacha speisialta Scorpio, le cáis, gircín i gceann amháin, ceithre cinn de mhálaí móra sceallóg, trom leis an bhfínéagar, éadrom leis an salann, dhá ispín galrollóra, mustard ar cheann amháin, dhá ... ní hea, ceithre cinn de phíoga úll le huachtar, agus ... ceithre Phepsi.'

Ordú mór a bhí ann ach ba chuma le Missus Scorpio,

mar bhí sí lánsásta leis an saol agus le Garibaldi, pé áit ina raibh sé. D'fhéach Doras i ngach áit ach theip air aon mhadra a fheiscint. Go dtí gur fhéach sé in áiteanna eile. An rógaire, ní raibh sé laistigh den gcuntar, bhí sé thíos in aice le cliathbhosca mór buidéal taobh istigh den doras. Ní raibh sé seo féaráilte. Bhí sé mór, donn is dubh. Agus cros a bhí ann, cuid de Dobermann agus Airedale, agus braon beag den mbrocaire Éireannach. Agus nimh sa tsúil. Agus thug sé rud eile faoi deara. Bhí an madra seo ag comhaireamh na gcustaiméirí! Sea, ag comhaireamh! Ní fhaca sé a leithéid riamh.

Arsa Doras leis féin, 'Ní bheidh an ceann seo ró-éasca.' D'fhéach sé arís ar an madra, agus ar an dá chluais a bhí ina seasamh ar a cheann — mar sceana! Agus nuair a thiocfadh duine isteach sa tsiopa dhíreodh na cluasa ina threo. Sea, bhí sé ag faire ar na custaiméirí, agus gan éinne ag faire air. Ach Doras. Go tobann thug an madra faoi deara go raibh duine ag féachaint air. Sheas sé láithreach agus ba bheag nár léim sé amach ar Dhoras.

Tháinig fear isteach agus ar seisean le fear eile: 'Tá aingeal an bháis anso arís anocht.'

'Conas?' arsa an fear eile.

'Thíos le hais an dorais.'

D'fhéach an fear eile síos. 'Tuigim,' ar sé, 'aingeal an bháis, an ceart agat, is gránna an t-earra é.'

Bhí an madra ag féachaint ar an bhfear a labhair amhail is gur thuig sé é.

'Ná bí ag caint air,' arsa an fear eile. 'Tá sé ag éisteacht leat.'

'Sea,' arsa Doras ina aigne féin, 'ní bheidh sé seo éasca.' Ach bhí Doras gnóthach, mar bhí sé ag iarraidh 'Heileó' a rá leis an ainmhí. Bhí an focal Garibaldi á rá ina aigne aige; ní ina bhéal. Sin é an cleas a bhí ag Doras, gan é a rá ina bhéal ach ina aigne. Garibaldi.

Ach thosnaigh an madra ag comhaireamh arís, ag dul ó dhuine go duine. Ghabh sé thar Dhoras agus síos go bun na scuaine, ansan thar n-ais arís agus thar Dhoras arís. Go tobann stop sé agus stán sé ar Dhoras. Dhein Doras gáire leis. Bhí curtha as don madra, agus ba léir nár thuig sé cad a bhí ar siúl. D'fhéach an madra ar dheis, d'fhéach sé ar chlé, ansan thar n-ais go dtí Doras. Bhí sé ag éirí crosta ach stop rud éigin é. Lig sé giúinín beag as, chorraigh sé é féin, d'fhéach ar Dhoras arís, agus an turas seo lig sé sceamh as. Ach bhí Doras ag caint le Garibaldi, ina aigne, ní ina bhéal: 'Hé, a Gharibaldi, a chroí, mise Doras, do sheanchara atá ann, heileó, a stór, ná bí crosta liom, is cairde sinn,' agus mar san de, agus an t-am go léir an madra ag ciúnú go dtí an pointe nuair a lig sé tafann beag aitheantais as.

Thosnaigh cluasa an mhadra ag díriú ar Dhoras, ansan bhí an t-eireaball ag fuipeáil siar is aniar. Ansan stop na cluasa, stop an madra, d'fhéach sé ar Dhoras, ach an uair seo bhí sé chun teacht amach as an gcúinne. Go dtí Doras! Dhein Doras a dhícheall chun é a stopadh in am nó mhillfeadh sé an scéal ar fad air. Stop an madra, agus thit ceann des na cluasa, ansan an ceann eile. Bhí sé maol! Ansan luigh an madra síos arís ach an-mhall agus an t-am go léir a shúil ar Dhoras. Ansan bhuail sé a cheann ar na cosa agus cheapfá go dtitfeadh a chodladh air. Lean Doras de bheith ag caint leis an madra ina aigne: 'Bí deas liom agus beidh mé deas leat, a Gharibaldi, agus ná rith i mo dhiaidh.' Agus mar san de.

Leagadh mála mór os a chomhair amach. 'Sé euro is tríocha,' ar sise os ard. Dhein Doras gáire léi, rug ar an mála agus thug sé léim go dtí an doras, d'oscail agus dhún ina dhiaidh é go tapaidh, agus seo leis ar dalladh síos an tsráid. Bhí tuairim aige go raibh an madra ina dhiaidh. Léim sé trasna na sráide agus ba bheag nár leag gluaisteán é. Thug sé fén ndroichead de na cosa in airde.

Bhí Pa ag féachaint ar an rud ar fad ón mbalcóin ar an veain aráin. Chonaic sé Doras ag léimt amach as an siopa agus an madra ag iarraidh é a leanúint ach an doras dúnta. Ansan Missus Scorpio ag léimt amach ar an tsráid agus gach béic aisti chun an madra a chur ina dhiaidh. Ansan an madra ina stríoc dhubh ina dhiaidh. Ag an bpointe seo bhí ar Pha a shúile a chlúdach. Tháinig Garibaldi anuas ar dhrom Dhorais is leag sé é, ach níor scaoil an buachaill an mála uaidh. B'fhearr leis go stracfaí a scornach ná é sin. Cé go raibh gach sceamh as Garibaldi níor chuir sé aon fhiacail sa bhuachaill. Bhí Doras an-chúramach gan eagla a thaispeáint mar dá bhfaigheadh an madra boladh eagla…. Is é an rud a dhein sé ná gáire a dhéanamh — scairteadh gáire. Rud a chuir ionadh an domhain ar Gharibaldi. Ní raibh fiacla an mhadra ach leathorlach ó scornach an bhuachalla. Ach lean Doras air ag gáire. Sa deireadh chuir an madra tafann beag cairdis as, amhail is go raibh súgradh uaidh.

Labhair Doras ansan leis an madra go nádúrtha — lena bhéal. 'Hé, a Gharibaldi, conas atánn tú in aon chor, ar mhaith leat dul ag siúl liom, 'dtuigeann tú siúl?' Lean sé ag caint leis an madra agus é ag éirí. 'Ní thógann éinne ag siúl thú?'

Shuigh an madra ar a thóin agus é idir dhá chomhairle, súgradh leis an ngarsún nó é a ithe. Sa deireadh agus é ina sheasamh chuala Doras daoine ag rith ina threo. Sea, anois nó choíche!

'Lucha, lucha, Garibaldi!' arsa Doras agus léim an madra san aer, agus seo an bheirt acu ag rásaíocht i ndiaidh na luch, mar dhea, agus gach tafann as an madra. Chuadar as radharc síos na cúlsráideanna. Stop Missus Scorpio ag an ndroichead agus ionadh uirthi. Bhéic sí amach ar aer na hoíche: 'An fear san, ghoid sé mo sceallóga, ghoid sé mo mhadra! Scarperera! Lean é!' Ach níor bhog éinne.

Chonaic Pa an rud ar fad agus thuig sé go raibh míorúilt feicthe aige. 'Tá Dia ann tar éis an tsaoil, as seo amach creidim i nDia,' agus tháinig sé anuas ón veain agus dhein sé caol díreach ar an mbaile — bhuel, an paiste! Nuair a shroich sé an áit bhí Doras ann roimhe, a dhrom le falla agus é ag tabhairt sóláistí do Gharibaldi.

'An bhfuilim sábháilte?' ar seisean le Doras.

'Ní baol duit. Bia sna málaí, níor chaill mé aon rud an turas seo.'

D'oscail Pa na málaí agus ba bheag nár bhris a ghol air nuair a chonaic sé an méid bia a bhí ann. 'Is ginias tú, a Dhorais, cad a chosnaigh sé?'

'Tríocha a sé euro.'

'Tríocha a sé!' Ba bheag nár léim Pa. 'Tá san an-mhór, a Dhorais, an-mhór. Seans go nglaofaidh sí ar na gardaí.'

'A Pha, sin é an difear idir mise agus tusa, ceapann tú go bhfuil tríocha a sé mór, is dóigh liom gur mún dreoilín é.'

Lean tost é seo mar bhí Pa ag cuimhneamh. 'Tá go maith. Seol abhaile an madra nó is cinnte go nglaofaidh sí orthu.'

Mheas Doras go raibh an ceart aige agus láithreach bonn thug sé ispín mór mar bhronntanas do Gharibaldi agus sheol amach ar an bpríomhshráid é agus scair sé leis.

Tháinig sé thar n-ais.

'Bhfuil sé imithe?'

'Tá.' Ach ar éigean a chreid Pa é agus thosnaigh sé ag iniúchadh na háite. Faoi dheireadh ghlac sé leis — bhíodar ina n-aonar. Sin é an uair a thosnaigh an bheirt ar an mbia. Níor labhair éinne acu, ach iad ag baint leo as na málaí agus ag líonadh na mbéal. Bhí an burgar marfach chomh mór san gur ghreamaigh fiacla Dhorais ann, ar feadh cúpla soicind. Faoi dheireadh, stad Pa den ithe. 'Tá buaite orm, ní fhéadfainn a thuilleadh a thógaint, beidh a bhfuil fágtha agam don mbricfeasta. Ach ar dtúis, a

Dhorais, táim chomh sásta san leat go bhfuilim chun bronntanas a thabhairt duit.'

'Bronntanas?'

'Sea, is maith liom thú, cé gur gadaí thú!'

Bhí tost ann agus in imigéin lig traein fead as. 'Phoah! Phoah! A Ghilbert Keith Chesterton, ní fheicimse aon ghadaí sa timpeall, ach tramp.' Bhí tost millteanach san áit. Mhúch lampa na sráide, ach bhí an ghealach ina suí, agus líon an áit le scáthanna. Bhí trácht na cathrach ag socrú síos.

Ar deireadh labhair Doras go deas réidh. 'A Pha, léigh mé rud i leabhar tráth, is é sin go bhfuil cead agat bia a thógaint ó dhuine eile má tá ocras mór ort. Bhí ocras mór orm anocht, thóg mé bia ó Mhissus Mussolini, níl ocras orm a thuilleadh, agus an bhean san ní bhraithfidh sí uaithi an méid a thóg mé.'

Bhí Pa an-mhall leis an bhfreagra, ach sa deireadh labhair sé agus tocht ina ghlór. 'A Dhorais, a mhiceo, ní tramp mise, rugadh i gcaisleán mé.'

'Sea, rugadh, agus is mise Daidí na Nollag!'

Leath an tost ar fud na háite.

'Agus cá rugadh tusa?'

'Níl a fhios agam cá rugadh mé! Agus ní bheidh a fhios agam go deo. Ní raibh puinn aithne agam ar m'athair. Is cuimhin liom mo mháthair ach níl ann ach san. Ach tá rud amháin cinnte.'

'Cad é?' arsa Pa.

'Rugadh mé.'

Tar éis tamaill thosnaigh an bheirt ag gáire agus níor stadadar go dtí gur éirigh Pa agus go ndúirt sé: 'Ní tramp mise, ní gadaí tusa, is daoine uaisle sinn beirt. Anois an bronntanas.'

Níor dhein Pa ach dreapadh suas ar an gcarn plaisteach agus rud mór groí a bhaint as. Bosca, agus scríte trasna air an focal IKEA. 'An bosca seo is neamh amach is amach é. I gcomparáid leis níl aon mhaith sa bhosca Toyota. Microsoft — ná bíodh aon bhaint agat leis, ligeann sé fuacht isteach. Panasonic? Fan uaidh, scaoileann sé tuilte báistí isteach. Ach Ikea, sin bosca a bhféadfá aghaidh a thabhairt ar an saol leis. Seo duit é, is cairde arís sinn.'

Líon Pa é le slisneacha plaisteacha. 'Suigh isteach, a Dhorais.'

Shuigh agus d'éist sé le Pa á shocrú féin isteach sa bhosca Toyota. An rud deireanach a dúirt Pa sarar thit codladh orthu ná 'Dún clúdach an bhosca ort féin, mar tá an áit seo lofa le francaigh agus ocras orthu.'

Bhain san geit as Doras agus dhún sé an bosca go tapaidh. A leithéid de rud! Francaigh! Cad a dhéanfadh sé? Ach fuair sé a fhreagra mar is láidre codladh ná eagla. Líon an áit le sranntarnach.

Agus lean an tsranntarnach go ceann deich neomat. Pa is túisce a chuala é, glór ait ag teacht ón gcarn boscaí. Ansan chuir sé a cheann suas as an mbosca agus stán sé ar an gcarn. Níor thaitin an rud a chonaic sé leis agus ghlaoigh sé ar Dhoras agus bhuail sé cnag ar a bhosca.

''Sábhála Dia sinn, a Dhorais, sprid!'

Chonaic Doras go raibh rud éigin ag suathadh charn na mboscaí ach bhí lampa na sráide chomh lag san go raibh air éirí amach as a bhosca féin.

'Ní chreidim i sprideanna, a Pha. Bhfuil bata agat?' D'aimsigh sé bata fada ar an dtalamh agus seo leis suas an carn.

'Tá rud níos fearr agam, tóirse!' arsa Pa, agus dhírigh sé solas an tóirse ar an gcarn. Shiúil Doras go barr an chairn go mall mar bhí sórt eagla air. Bhí bosca mór Tayto ar bharr an chairn bhruscair agus d'éirigh duine éigin as.

'Fan uaim ansan, a dhuine,' arsa Doras de scread — ach ba léir an eagla ar na focail.

'Go breá bog le do bhata, ní baol duit,' arsa an guth, agus bhí ionadh an domhain ar Dhoras, mar cailín a bhí ann! Ionadh ar Pa chomh maith nuair a tháinig sé aníos.

'Is liom an paiste seo,' ar seisean.

'Sea,' arsa Doras le spórt, 'agus caithfidh tú cíos a dhíol.'

'Cíos! Airgead? Tá fuar agat,' arsa an cailín go misniúil.

'Sea,' arsa Doras, 'duine uasal é seo, rugadh i gcaisleán é.'

Chuir Pa an solas uirthi agus fuaireadar féachaint níos fearr uirthi. Cailín tuairim is trí bliana déag a bhí inti, anorac dúghorm uirthi agus húda air, bríste gorm éadrom Levis, blús dubh, agus bróga reatha New Balance. Shantaigh Doras na bróga reatha, mar na Nikes a bhí aige féin, caite go maith a bhíodar.

'Cé thusa?' arsa Pa léi.

Thug sí tamall gan freagairt, ach sa deireadh ghéill

sí. 'Ní maith liom m'ainm, ní raibh mé riamh sásta leis. Penelope. Agus ní gadaí mé.' Lean tost fada é sin go dtí gur chuir sí leis: 'Agus ní dóigh liom gur gadaithe sibhse ach chomh beag.' Chuir an bheirt eile na súile tríthi. 'Cé gur ghoid sibh bia. Ach bhí an ceart agaibh.'

'Bhí sí seo ag faire orainn, is spíodóir í,' arsa Pa.

'Sea,' ar sise, 'bhí mé ag faire oraibh. Bhí mé uaigneach, theastaigh comhluadar uaim.'

Shiúladar anuas ón gcarn agus stadadar ag na boscaí codlata.

'Táim i m'aonar,' arsa an cailín, 'ach ní maith liom bheith i m'aonar, sin é an fáth go raibh mé ag faire oraibh mar ba mhaith liom bheith libh. Dá dtógfadh sibh mé.'

'Ó, thógfa...' arsa Doras.

'Ní thógfaimis!' arsa Pa. 'Go dtí go mbeidh a fhios againn cé tá againn.'

'Ní hea,' ar sise, 'ní thuigeann sibh. Is duine agaibh mé, táim ag iarraidh éalú ó theach altramais, is leanbh altramais mé. Chuala mé sibhse ag caint is ag rá go raibh bosca Tayto an-dheas ... chun codlata.'

'Toyota!' arsa Pa de scread.

'Toyota,' ar sise go múinte, 'ach chomh maith dúirt sibh go raibh an áit lofa le francaigh. Níor thit aon néal codlata orm dá bharr.'

'Dhera, ní baol duit, a chroí,' arsa Pa, agus é ag éirí an-ghalánta, 'tá na francaigh cosúil leat féin, go deas múinte.'

'Tá's agam,' arsa Doras, 'chaith mé tamall i dtrí cinn

de thithe altramais. Bhí dhá cheann ceart go leor, ach an tríú ceann bhí sé … bhí sé….'

'Tuirsiúil?' arsa an cailín.

'Sin é é, díreach! Tuirsiúil! Chuirfeadh sé as do mheabhair thú. Cad a dhein tuirseach tú i do chás-sa, a Phenelope?'

'Tá leabhar ann darb ainm *Little Women*. Tá seanbhean sa teach againn agus gach oíche chaithfeadh sí an leabhar san a léamh dúinn go léir — agus céasadh a bhí ann mar níor spéis linn é. Tá sé seanfhaiseanta. Agus ní ligeann siad dúinne féachaint ar *Friends* mar go bhfuilimid ró-óg. Nílimid!'

Shuigh Doras síos ar bhloc stroighne agus leath sé na cosa leis an gcarn de phlaisteach mar gur bhraith sé codladh ag titim air.

'Tá *Friends* go maith, is maith liom Jennifer Aniston,' ar seisean.

'Is maith liom Joey,' arsa Penelope, agus thug Doras faoi deara gur las a haghaidh beagán nuair a luaigh sí an t-ainm. 'Tá leabhar eile acu,' ar sise, *Wuthering Heights* agus is mar gheall ar chábóg cheart chruthanta darbh ainm Heathcliff é!'

Bhí Pa imithe suas ar an gcarn chun deimhin a dhéanamh de nach raibh éinne eile i bhfolach ina phaiste, agus gach smeach aige ar na málaí plaisteacha.

'Tá's agam,' arsa Doras, 'agus léann siad Heathcliff os ard go dtí go mbíonn tú bog sa mheabhair acu.'

'Tá sé agat. Caith uaim é.'

'Ceist agam oraibh, a dhaoine,' arsa Pa. 'Ar cheart dom teilifíseán a fháil?'

Thit tost ar an áit agus d'fhéach an bheirt óg ina dtimpeall ar phaiste Pha.

'Ní dóigh liom é, a Pha,' arsa Doras.

'Cén fáth?'

Bhí leisce ar Dhoras labhairt in aon chor. 'Ná bac le teilifís, a Pha, bíonn an iomarca fógraí uirthi, bheifeá cráite.'

D'fhéach an bheirt óg timpeall ar an áit a bhí ina chis ar easair, le cuaillí aibhléise gan solas, sreanganna ag rith scaipithe ar fud an bhaill, fallaí a bhí ag at le graifítí, giotaí de sheanghluaisteáin anso is ansúd — ní raibh aon oidhre ar an áit ach Cúl a' Tí.

'A Pha,' arsa Doras, 'ní paiste é seo, is amharclann é. Níl aon ghá agat le teilifíseán.'

Ach bhí ceist eile ar bharr a teangan ag Penelope: 'Ar mhiste a fhiafraí díbh, an bhfuil aon bhia fágtha?'

Shiúil Doras sall go dtí mála an bhia agus bhain dornán sceallóg agus colmóir as. D'alp sí siar go tapaidh iad. 'Ní hé nach bhfuil airgead agam ach níor theastaigh uaim dul isteach sna siopaí sceallóg.'

'Cén fáth?' arsa Pa.

'Beirt ghardaí, Jay Brogan agus Mary Lickeen, ag faire amach dom.' Thit teannas uafásach ar an áit. Bhí an bheirt eile ag cur na súl tríthi. Thuig sí go raibh botún déanta aici.

'Fuil is gráin air mar scéal,' arsa Pa, 'tá sí seo tar éis an dlí a tharrac orainn.' Agus leis sin rith sé sall go dtí béal an lána. Thug sé tamall ag faire síos. Lig sé glam as go hobann: 'Seo aníos chughainn an scuad!'

D'fhéach an bheirt eile chomh maith agus, ceart go leor, chonaiceadar an solas gorm ag lonrú tríd an lána suas. Rith Pa thar n-ais is gach béic as: 'Glanaigí as an áit seo anois, anois, seo, seo! Beirigí ar na boscaí, na trí cinn, brostaígí.'

Bhain sé geit chomh mór as Doras gur thit sé ar na boscaí, ach seo ina sheasamh arís go beo é agus beirthe aige ar dhá bhosca. Bhí sé rite as an bpaiste nuair a chuimhnigh sé ar mhála an bhia. Thar n-ais leis, rug air agus phulc sé isteach ina léine é agus ar aghaidh leis arís.

Bhí a croí ina béal ag Penelope le heagla is le tuirse. Bhí coiscéim bhacach ag Pa, ach ina ainneoin san bhí sé chun tosaigh orthu. Bhain an triúr cliotar as na cúlsráideanna agus iad ag titim is ag éirí. Mar bhí ar a laghad dhá scuad ina ndiaidh. Thángadar chomh fada le droichead agus stad Pa ann mar bhí gearranáil air.

'Dhá scuad inár ndiaidh! Níl aon chiall leis sin. Níor dheineamar banc a robáil, níl aon rud mar san déanta againn. Cén fáth go bhfuil siad inár ndiaidh?' D'fhéach sé ar an mbeirt. D'fhéachadar ar a chéile. 'Ar ghoid sibh airgead?'

Chuir sé na súile tríd an mbeirt. Chroitheadar na cinn. Sin í an uair a chonaiceadar an dá scuad chucu, soilse gorma ag léimt ar fhuinneoga na dtithe, agus na dordáin ag bleaisteáil agus ag baint macallaí as na lánaí.

'Ghoid sibh! Tá beirthe orainn. Tá robáil déanta ag duine agaibh. A Phenelope, cé mhéad a ghoid tú?'

'Níor ghoid mé, ar mo leabhar!'
'Níor ghoid, a Pha, féach aníos an tsráid.'
D'fhéach, agus cad a chífidís chucu ach beirt ag rith ar nós an diabhail aníos. D'aithin Pa iad agus chuir sé na súile tríothu agus iad ag gabháil thart. Ghlan an bheirt acu as radharc.
'Jacky Red an seanduine, agus a gharda cosanta, Ricky Gavan. Is mangaire drugaí é Jacky. Is i ndiaidh na beirte san atá an dá scuad.'
'Sea, a Pha,' arsa Penelope, 'níor ghoideamar airgead, bhfuil tú sásta anois?'
'Sea, a Pha, táimid sábháilte anois, ní chughainn atá na gardaí,' arsa Doras.
D'fhéach Pa síos suas an abhainn. 'Sábháilte, an ea? Fan go bhfeice tú.'
Ghabh an dá scuad thart agus thit ciúnas ait ar an ndroichead agus ar an abhainn. Ansan gan aon choinne cad a chífidís ach scuad nua ag déanamh orthu agus an dordán ag gabháil os ard acu. Bhéic Pa, 'Sea, an tríú ceann! Anois ceann eile?' Bhí an ceart ag Pa, mar lean an ceathrú agus an cúigiú ceann.
'Aon áit ina mbíonn drugaí bíonn na scuaid, tuillte acu. Caithfimid dul i bhfolach láithreach.'
'Ach,' arsa Doras, 'níor dheineamar faic as an tslí, cén fáth go gcaithfimid rith i bhfolach?'
Shuigh Pa ar bhalla an droichid mar bhí laige air agus mhínigh sé an scéal ar fad dóibh. Aon áit ina mbíonn drugaí bíonn na gardaí agus an nós atá acu ná gach éinne

a chíonn siad a ghabháil agus iad a thabhairt go dtí an stáisiún. Dá ndéanfaí é sin bhéarfadh Brogan agus Mary Kit orthu is chuirfí Doras suas go dtí Naomh Slán Leat ar feadh bliana agus bheadh ar Phenelope éisteacht le *Little Women* agus an chábóg san Heathcliff go ceann tamaill fhada. Ach an rud is measa ar fad ná go mbainfidís a phaiste de Pha.

'Tá go maith, a Pha,' arsa Penelope. 'Táim leat, téimis i bhfolach.'

'Tá go maith,' arsa Doras.

Sheas Pa. 'Tá go maith, ach tá coinníoll amháin, is áit lofa í seo, ach ní bheimid ann ach dhá uair an chloig.'

'Go hiontach,' arsa Doras, 'déanfaimid codladh.'

'Sea, sea,' arsa Penelope.

'San áit ina mbeimid ní dhéanfar codladh, lean mé.'

Leanadar. Aistear fada trí na sráideanna, cearnóga, gairdíní, páirceanna beaga, trí chlós scoile, clós monarchan, agus mar san de. Faoi dheireadh thiar thall thosnaigh scuad á leanúint agus nuair a chonaiceadar é thógadar sceit. Thug Pa go cúlsráid iad de rith, agus ansan síos lána go dtí áit an-chosúil lena phaiste féin. Bhí clúdach mór iarainn i lár an phaiste agus d'ardaigh Pa é. Las sé an tóirse a bhí aige agus chonaiceadar dréimire iarainn ag dul síos.

'Mná ar dtúis,' arsa Pa.

Chuir Penelope cos ar an dréimire agus stop sí. 'In ainm Dé cad é an boladh uafásach san, a Pha?'

''Sábhála Dia sinn,' bhéic Doras, agus bhuail sé a dhorn ar a shrón. Sin í an uair a chualadar scuad ag teacht ina dtreo. 'Léim isteach, a Dhorais, scuad, scuad!' Ach bhí an boladh chomh dona san go raibh Penelope bhocht greamaithe sa dréimire agus gach casachtach aisti.

'Bog síos go tapaidh,' a bhéic Pa. Bhog Penelope síos agus Doras ina diaidh agus gach gearán aige ar an aer lofa. Lean Pa iad agus dhún sé an clúdach iarainn de phlab. 'Síos libh,' ar seisean, 'agus ná bac an boladh, is boladh nádúrtha é.'

Las Pa an áit dóibh ach bhí an solas lag mar ag bun an dréimire bhí pasáiste an-chaol agus bhuaileadar a gceann ar bhrící a bhí ag gobadh anuas as an díon. Shéid leoithne ghaoithe as áit éigin agus ghlan an t-aer beagán.

Chualadar uisce ag rith. Thángadar go dtí áit mar a bheadh canáil uisce ag rith taobh leis an gcosán ar a rabhadar. Sin í an uair a ghéaraigh ar an mboladh. Theastaigh ó Dhoras rud éigin san uisce a fheiscint níos soiléire. 'Tabhair dom an tóirse nóiméad, a Pha,' ar seisean.

Thug Pa dó é, ach leisce air. Lonraigh Doras an solas ar an uisce. Bhéic sé in ard a chinn nuair a chonaic sé cad a bhí ann. Rith Penelope chuige.

'Sea, a Dhorais, cad a chonaic tú?' ar sise.

'Asal marbh,' ar seisean. 'Ar bharr an uisce! Ag imeacht le sruth! Agus dhá fhrancach mhóra ag marcaíocht air.'

Nuair a chuala Penelope é seo bhéic sí. 'Scaoil amach as an áit seo mé, a Pha Butler Yeats! B'fhearr liom bheith ag éisteacht le *Little Women* míle uair ná bheith anso leis na hasail mharbha agus an boladh uafásach seo, agus in ainm Dé inis dom cad as a dtagann an boladh gránna seo?'

Lean ciúnas é seo go ceann tamaill go dtí gur dhein Pa casachtach bheag. Lonraigh Doras an tóirse ar Pa, ansan ar Phenelope, ansan ar an uisce.

'A Phenelope, bhfuil tú bog sa cheann ar fad? Nach bhfuil a fhios agat cá bhfuil tú?' Agus ansan, go deas íseal, dúirt sé: 'Táimid i bpluaiseanna séarachais.'

'Séarachas!' ar sise.

'Sea, séarachas na cathrach!'

'Séarachas na cathrach,' agus thit léas tuisceana uirthi. Chuir Doras an solas uirthi. Litrigh a haghaidh idir shúile, shrón is bhéal focal amháin: déistean. D'fhéach sí ó dhuine go chéile.

'Cac?' ar sise.

'Cac!' arsa Doras.

'Cac,' arsa Pa.

'Teach altramais, seo chughat mé,' ar sise agus bhain sí an tóirse as láimh Dhorais agus seo léi síos an pasáiste ar a dícheall. Ach má dhein fuair sí amach go raibh na pluaiseanna séarachais lán de thubaistí eile, mar gan choinne líon an áit le hamhastrach mhallaithe madra, is ba bheag nár thit Penelope isteach san uisce ach gur rug Doras in am uirthi.

'Sin madra Scratchy,' arsa Pa, 'is gráin liom an bastard.'

'Scratchy!' arsa an bheirt le chéile.

'Sea, Scratchy, is leis an áit seo.'

'Fan go fóill, ní chreidim é seo,' arsa Penelope, agus an tóirse fós ina glaic. 'An bhfuil tú á rá liom go bhfuil úinéar ar an áit mhallaithe seo?'

'Sea, cad eile? Tugann sé Rí Shéarachas Bhaile Átha Cliath air féin.'

Ach bhí an madra ar tí duine a ithe. Sciob Doras an tóirse as láimh Phenelope. Sin í an uair a chualadar na coiscéimeanna néata ag teacht chucu. 'Seo chughainn an fear féin!' arsa Pa, ach thug an madra fogha faoi. Bhéic Pa ar Dhoras. Lonraigh Doras an solas ar an madra.

'Bígí cúramach, is brocaire gorm é seo,' arsa Doras. 'Tá an donas orthu! Mallaithe! Fág fúmsa é.' Labhair sé leis an madra, ach má dhein léim an brocaire air agus ba bheag nár leag sé é. Bhéic Doras mar bhí fíoreagla air. 'Seo, seo, a Ghoirm,' ar seisean, 'bí deas liom. Is mise Doras, do sheanchara. Seo, tá rud agam duit,' agus thóg sé as a léine píosa den iasc agus bhris lena mhéireanta é. Fuair an madra an boladh ach lean sé de bheith mallaithe — mar b'in é a nádúr. Ach ocras air. Madra agus fear — d'fhéachadar ar a chéile.

Chuir Doras an lámh ina raibh an t-iasc in aice bhéal an mhadra. Dhein sé é a bholú, thaitin sé leis, ach ba bheag nár léim sé ar Dhoras ar eagla gur chleas é. Lean an cleas, an t-iasc agus an chaint. 'Seo, seo, a Ghoirm, iasc deas ó do chara, Doras.'

Sin í an uair ar tháinig Scratchy ar an bhfód. Firín an-íseal ba ea é, tuairim is trí troithe go leith ar airde. Bhí sé in éide Ghasóga na hÉireann ach slipéirí tí a bhí mar bhróga air. Díreach ag an am san thóg an brocaire gorm an t-iasc, d'alp sé siar é agus ansan dhein sé na méireanta a líreac.

Bhí ionadh ar Scratchy nuair a chonaic sé cad a dhein an madra. Ansan bhuail taom feirge é ach bhrúigh sé faoi é. 'Ba bhreá liom cic a bhualadh air, ach ní féidir mar nach bhfuil de chomhluadar agam ach é. Tá sé anso chun mé a chosaint, in ionad a bheith ag déanamh cairde dó féin,' ar seisean.

Bhí Doras an-sásta leis sin.

Fuair Scratchy seanbhosca agus chuir sé le falla é. 'Cén fáth go bhfuil sibh sa dorchadas?' ar seisean agus é ag éirí in airde air agus chas sé rud éigin mar chualathas clic.

Lasadh an áit ar fad le solas glé: pluaiseanna, poill, tolláin, áirsí, stuanna, céimeanna, píobáin, agus a lán rudaí gránna gan aon ainm. Ach ná dearúd an chanáil uisce, mar ní uisce a bhí ann in aon chor ach an salachar is measa ar domhan agus bréantas a leagfadh eilifint ag éirí de. Bhí ionadh mór ar an dtriúr nuair a chonaiceadar cá rabhadar.

'Mise Pa, a Scratchy, an cuimhin leat? Pascal Clarence Mangan?'

'Bhí tú anso bliain ó shin. Pascal Woodham Smyth a bhí ort.'

'Woodham Smyth róthuirsiúil. Athraím m'ainm ar a laghad dhá uair sa bhliain.'

Bhain san gáire astu go léir ach Penelope, a bhí sáraithe ag an mboladh — í nach mór ar an dtalamh.

'Más é sin an scéal,' arsa Penelope, 'agus más Doras atá ortsa, a Dhorais, is mise Fuinneog.'

'Níl aon chiall leis sin,' arsa Doras.

'Tá ciall leis,' arsa Pa. 'Ba cheart duit a bheith seacht

dtroithe ar airde chun Penelope a bheith mar ainm ort.'

'Tá Doras go maith mar ainm do bhuachaill,' ar sise, 'ach tá Fuinneog seacht n-uaire níos fearr do chailín. Tig leat doras a chiceáil, ach feiceann tú iontaisí an tsaoil trí fhuinneog. Cé a ghlaofaidh m'ainm orm?' Bhí ciúnas ceart ann — gan gog as na fir. 'Éinne?'

Go hobann labhair Scratchy: 'A Fhuinneoigín dílis, fáilte romhat go dtí an Flushing Hilton.' Ba bheag nár bhris a gol ar ... Fhuinneog bhí sí chomh tógtha san lena hainm nua.

'Tosach maith,' ar sise. 'Anois ba mhaith liom dul suas go dtí an domhan ón mboladh uafásach seo.'

'Ní féidir dul suas go fóill. Éist!' arsa Scratchy. Agus d'éisteadar agus cad a chloisfidís ach *ní-ná ní-ná* na scuad sa domhan thuas. 'Tabhair leathuair an chloig dóibh,' arsa Scratchy, 'idir an dá linn, téanam oraibh go dtí an chistin.'

'An chistin!' arsa Fuinneog, agus chuir sí a lámh chlé ar a scornach. Chuadar isteach go seomra beag a bhí lán de bhoscaí, iad go léir beagnach folamh. Pónairí bácáilte Heinz is mó, ach bhí an-chuid cannaí ar fud na háite agus Kittybitty marcáilte orthu.

'Kittybitty! Saghas bia cait?' arsa Fuinneog, 'Bhfuil cat agat freisin, a Scratchy?'

'Níl ná cat. Madra agam, 'leor san.'

'Agus cad a thugann tú don mhadra?'

'Kittybitty, 'deile!'

'Tugann tú bia cait don mhadra!' arsa Doras agus alltacht air.

'Bia breá é Kittybitty. 'Breá liom féin é.'

'Itheann tú féin Kittybitty!' arsa an triúr le chéile.

D'fhéachadar ar Scratchy le féachaint an raibh sé dáiríre. Bhí. Lean ciúnas fada é seo. Agus a thuilleadh.

'Togha an bhia! Seo, tabharfaidh mé blaiseadh an duine daoibh,' agus chaith Scratchy trí cinn de phlátaí ar an mbord. Bhí ciúnas dainséarach sa chistin. D'fhéachadar ar a chéile. Ansan ar na plátaí. Bhí na plátaí salach. Fíor-shalach.

'Bhí an dinnéar againn díreach sara dtángamar, a Scratchy,' arsa Pa, 'go raibh maith agat. Is dóigh liom go bhfuil scéal na ngardaí níos fearr anois, agus ceapaim go n-imeoimid.'

'Sea, sea,' arsa an bheirt, agus ba bheag nár rith an triúr as an gcistin agus síos an pasáiste. Suas an dréimire leo de sciuird. Go dtí aer breá friseáilte an tsaoil. Bhain Pa plab as an gclúdach iarainn agus ansan léim sé anuas air. 'Slán beo leat, a Khittybitty,' ar seisean.

'Blais an t-aer san, ó is breá liom an saol,' arsa Doras.

'Bhíomar in ifrinn, a Pha, led' thoil, ná seol go dtí Scratchy eile sinn,' arsa Fuinneog.

'Ní sheolfaidh, seo é an plean, plean B, ní raibh plean A rómhaith.' Agus d'inis sé an plean dóibh go tapaidh.

Thógadar na boscaí suas agus ritheadar leo trí na cúlsráideanna ar feadh deich nóiméad nó mar san go dtí go dtángadar go dtí stáisiún traenach. Níor bhacadar leis na carráistí paisinéirí, ach bhaineadar amach traein a bhí ina stad ar fad don oíche, agus isteach leo i gcarráiste earraí a bhí lán de thuí. Dhúnadar an geata. Gan aon mhoill bhíodar socraithe sna boscaí — agus moill bheag eile agus bhíodar ag sranntarnaigh.

Lean an tsranntarnach sa charráiste nuair a d'éirigh an ghrian. Lean sé fós nuair a ghluais an traein ina rabhadar amach as an stáisiún agus nuair a thug sé fén dtuath. Ghluais an traein agus grian na maidine ag lasadh na ngort agus a raibh iontu, ba is caoirigh agus — anso is ansiúd — capall nó dhó. Agus níor stop sé nuair a stop an traein ag stáisiún beag tamall fada ón gcathair.

Bhí an mhaidin ann nuair a chuir Pa a cheann suas as an mbosca. Bhí sé sásta nuair a chonaic sé an bosca Ikea agus an bosca Toyota in aice leis. Ach bhí sé míshásta nuair a chuala sé na gamhna ag géimneach. I gcathair! Gamhna!

D'éirigh sé go tapaidh, chuaigh go dtí an geata agus fuair sé gliúc amach poll na heochrach. Tubaiste! Bhíodar fén dtuath, ní raibh aon dabht!

'Táimid fén dtuath!' bhéic sé. 'Fuil is gráin air mar scéal! Bhog an diabhal traein chun siúil agus sinn inár gcodladh. An gcloiseann sibh na gamhna ag géimneach?'

D'éirigh Doras agus ghlan sé an codladh as na súile. 'Cloisimse madraí,' ar seisean.

D'éirigh Fuinneog agus an chéad rud a dhein sí ná féachaint uirthi féin sa scátháinín a bhí aici.

'Tá boladh caife ar an aer, dá bhrí san tá caife sa stáisiún,' ar sise. 'Téanam is ceannóidh mé caife don mbeirt agaibh — tá cúpla pingin fós agam. Nó bricfeasta má tá sé acu.'

D'fhágadar an áit agus deimhin á dhéanamh acu nach bhfeicfí iad ag teacht as an gcarráiste. Stáisiún beag tuaithe a bhí ann darbh ainm Cill Chlais agus gan mórán ar siúl ann ach roinnt paisinéirí thall is abhus ag feitheamh le traenacha. Ní raibh éinne in oifig na dticéad, ach fuair Pa amach go mbeadh traein ag dul thar n-ais go dtí an chathair ar ball. Chuadar isteach i seomra feithimh ach ba léir nach raibh fáilte rompu. Chasadar thar n-ais.

'An gcloiseann sibh madraí in aon áit?' arsa Doras. Níor chualadar agus ní raibh madraí le feiscint suas nó síos. Ach i bhfad uathu chonaiceadar gamhna á gcur isteach i gcarráiste oscailte.

'Bhuel, tá madraí in áit éigin, agus tá siad i bpéin,' arsa Doras.

'I bpéin!' arsa Pa. 'Madraí! Nach cuma? Is madraí iad. Tá an tír millte acu.'

'Sea,' arsa Doras, 'ach tá siad ag caint liom!'

'B'fhéidir,' arsa Pa, 'gurb iad na gamhna atá ag caint leat.'

'Ní labhraíonn gamhna liom. Labhraíonn madraí liom pé áit ina mbím.'

'Is gráin liom madraí. An bhfaca tú an t-ainmhí san a bhí ag Scratchy?'

'Chonaic, a Pha,' arsa Fuinneog, 'ach fuair Doras an ceann is fearr air, dhein sé cara de.'

'Tá a thuilleadh eolais tar éis teacht isteach i m'aigne,' arsa Doras. 'Tá paca madraí ann ach níl ach ceann amháin ag caint liom. Agus is éard atá á rá liom ná go bhfuil siad i dtrioblóid éigin.'

D'éisteadar le súil go gcloisfidís na madraí ach níor chualadar aon rud ach 'Morning Ireland' ar siúl ar raidió éigin. Tamall síos an stáisiún fuaireadar amach go raibh an raidió ar siúl i gcaifé beag.

Ba bheag nár gháireadar le chéile nuair a fuaireadar amach go raibh bricfeasta á dhéanamh acu. Ach nuair a shiúladar isteach ba léir nach raibh muintir an chaifé róthógtha le Pa. Fear mór ba ea an cócaire agus chuir sé na súile trí Pha. Stop Pa amhail is go raibh sé greamaithe den urlár. Ródhéanach chonaic Fuinneog go raibh soip tuí ar chóta mór Pha — chomh maith leis na héadaí aisteacha a bhí air. Ghlan sí de iad go tapaidh agus shuíodar chun boird.

Arsa Doras agus é ag gabháil thar an gcócaire, 'Rugadh i gcaisleán é,' agus sméid sé, agus shuigh sé síos.

Bhí Fuinneog ana-shásta leis an gcaifé, go mórmhór na héadaí boird — guingeán dearg is bán. Anois don gcéad uair bhí seans aici daoine a fheiscint i gceart agus, ós rud é go raibh Pa suite trasna uaithi, bhí seans aici é a thabhairt faoi deara. Scrúdaigh sí é agus ba í an tuairim a bhí aici ná go raibh na héadaí OK ach go raibh jab níocháin ag teastáil. Na píobáin a bhí ag an mbriogáid dóiteáin, iadsan a stealladh ar Pha ar feadh cúig nóiméad agus bheadh an domhan seo i bhfad níos glaine.

Níor labhraíodar go dtí go raibh an bricfeasta thart. 'Teastaíonn uaim dul thar n-ais go dtí an chathair,' arsa Pa.

'Á, a Pha,' arsa Doras, 'tabhair seans don tuath, tá gach saghas saoirse anseo.'

'Agus, a Pha,' arsa Fuinneog, 'cuimhnigh ar na páirceanna breátha agus....'

'Is gráin liom an tuath, tabhair an chathair dom.' Agus go hobann bhuail a phaiste isteach ina aigne. 'Cad a tharlóidh dom' phaiste? Cé tá ann anois? Táim ag dul thar n-ais láithreach!'

Ní raibh Doras ag éisteacht mar bhí sé ag bailiú an bhia a bhí fágtha agus á chur isteach i mála. Mhínigh sé don mbeirt go raibh a fhios aige go raibh madraí ina n-aice agus iad ag glaoch ar éinne a chabhródh leo.

'Táimse leat, a Dhorais,' arsa Fuinneog, 'seol ar aghaidh sinn,' agus chuir sí ispín nach raibh ite aici isteach i mála Dhorais.


Ní ligfí Pa isteach sa tseomra feithimh, agus ní ligfí isteach sa chaifé arís é. Dá bhrí san chuaigh sé leis an mbeirt ag lorg na madraí. Ach bhí sé ar buile.

'Ar inis tú dóibh gur rugadh i gcaisleán tú?' arsa Doras.

D'fhéach Pa air agus é ag éirí an-chrosta. 'An bhfuil tusa ag magadh fúm, a Dhorais?'

'Ní dhéanfainn magadh fút go deo. Téir thar n-ais go dtí na daoine san agus inis dóibh fén gcaisleán, agus nach bhfuil airgead agat ach nach bhfuil tú bocht. Níl tú bocht mar is duine uasal tú!'

'Sea, níos déanaí, b'fhéidir.'

Nuair a bhí an triúr acu ag siúl trasna an chlóis ghluais Merc mór groí isteach agus ba bheag nár leag sé Pa. Chloisfí Pa ag béicíl i bhfad ó bhaile agus é ag bagairt ar an dtiománaí lena dhorn.

''Leithscéal,' arsa an tiománaí, 'is iad na muca is cúis leis!'

Rith Fuinneog sall go dtí an Merc agus d'fhéach sí isteach, agus lig sí scréach gháire aisti. 'Muca áilne, ó, is breá liom muca!'

Rith Doras agus Pa sall chuici is d'fhéachadar isteach sa ghluaisteán agus cad a chífidís ach sé cinn de mhuca móra ramhra suite go sásta sa chúlsuíochán. I Merc!

'Beidh siad ag dul ar an dtraein go dtí an margadh,' arsa an feirmeoir. ''Leithscéal!'

'Muca i Merc!,' arsa Pa, 'É á rá le fada agam, muintir na tuaithe as a meabhair!'

Ach ní raibh suim ag Doras i muca ná i Merc, mar bhí tuairim aige go raibh na madraí in aice leis. Go hobann chuala sé glam madra agus ceann eile, ansan thosnaíodar go léir. Rith Doras trasna an chlóis go dtí tigín a bhí ar imeall an stáisiúin. D'fhan an bheirt eile ag an Merc.

Istigh sa tigín a bhí na madraí. Bhraitheadar go léir go raibh duine chucu, agus b'fhéidir duine a chabhródh leo, agus ghéaraigh ar an amhastrach go hobann.

Chonaic Doras fuinneoigín bheag agus d'fhéach sé

tríthi. Bhí tuairim is deich gcinn de mhadraí istigh sa tigín agus gach ceann díobh faoi ghlas ina chliabhán féin. Ach chonaic sé láithreach cén fáth go raibh an tafann go léir ar siúl acu — ní raibh aon uisce acu. Agus iad ar imeall a mbeatha mar bhí cúr ar a mbéal. Tharla go bhfaca sé póirtéir de chuid an stáisiúin ag gabháil thart agus stop sé é le ceist faoi na madraí agus fén uisce.

'Cad is fiú uisce a thabhairt dóibh agus iad go léir daortha chun báis cheana féin?'

Níor thuig Doras.

'Féach an rud atá scríte ar an ndoras!'

D'fhéach Doras agus ceart go leor bhí fógra de shórt ann.

PRÍOBHÁIDEACH
BORD SLÁINTE AN OIRTHIR
TÁSTÁLACHA AINMHITHE

'Sea, cad is brí leis sin?' arsa Doras.

'Drochscéal, a mhic. Beidh lucht ceimice agus dochtúirí leighis agus eolaithe, iad go léir i mbun tástálacha leis na madraí san go dtí go bhfaigheann siad bás.'

'Cén sort tástálacha?'

'Instealladh le nimh le féachaint cén saghas báis a gheobhadh siad. Ach go mórmhór gach saghas drugaí. Caithfidh siad na drugaí nuadhéanta a thabhairt do mhadraí sula dtugann siad do dhaoine iad. Má thosaíonn an madra ag glamaíl agus é i mbéal a bháis, bhuel, níl aon mhaith sa druga san.'

'Na madraí san go léir níl seans práta i mbéal

muice acu,' arsa an póirtéir, agus ghlan sé leis.

D'fhéach Doras ina dhiaidh mar bhí ionadh air go raibh an saol mar san — instealladh agus bás! Ach bhris glam ó mhadra éigin isteach ar a mhachnamh. Bhí sé cinnte anois nach raibh ach madra amháin ag caint leis, agus an chuid eile acu ag tafann. Ach cé acu ceann a bhí ag caint leis?

Tháinig Fuinneog agus d'fhéach sí isteach ar na madraí. 'Ba mhaith liom cabhrú leat leis na madraí,' ar sise.

Thit ciúnas ar an áit. D'fhéach Doras uirthi.

'Chonaic mise ar dtúis iad!'

'Sea, is leatsa iad. Ach is maith liom madraí freisin. Lig dom cabhrú leat. Cad atá le déanamh?'

D'fhéach Doras uirthi. D'fhéach sí ana-leochaileach. Sobhriste! Ach bhí sí macánta. Bheadh iontaoibh aige aisti. Bhí sop tuí gafa ina cuid gruaige. Ní raibh a fhios aici. Bhí sé chun é a bhaint. Ach stop rud éigin é. 'Ba mhaith leat cabhrú liom?'

'Ba mhaith. Táim níos lú ná tusa. Chun dul an fhuinneoigín isteach.'

'Tá ceann díobh seo agus tá an donas air — an Airedale, measaim.'

'Conas donas?'

'D'íosfadh sé thú.'

Chaith sí tamall fada ag féachaint ar an dtigín. Ansan ar Dhoras. 'Raghaidh mé sa tseans,' ar sise, agus chuir sí caipín ar a ceann, agus thosnaigh sí ag dreapadh isteach.

Thosnaigh Doras ag gáire. 'Sin rud nach bhfaca mé

riamh cheana, fuinneog ag iarraidh dul fuinneog isteach.'

Ní dúirt sí mar fhreagra, ach, 'Is breá liom é,' agus thit sí isteach anuas ar bhoscaí nó rud mar san. Mar gan aon mhoill bhí sí ina seasamh arís. 'An bhfuil aon rud eile in Éirinn ach boscaí? Sea, cad atá le déanamh agam?'

'An bhfeiceann tú an Airedale?'

'Níl aon eolas agam ar mhadraí, a Dhorais, ach ba mhaith liom foghlaim uaitse, má tá sé OK leatsa?'

Bhí moill leis an bhfreagra. 'Sea, feicfimid amach anso. A Fhuinneog, tá tú i mbaol, tá madra amháin ann agus tá sé dainséarach. Táimse chun dul isteach chughat más féidir,' agus thosnaigh sé ag dreapadh isteach, ach gur ghreamaigh sé.

Thosnaigh Fuinneog ag gáire. 'Tá sé i bhfad níos aite doras a fheiscint ag gabháil isteach trí fhuinneog,' ar sise.

Ach lean Doras air agus thit sé, mar a thit Fuinneog, ar na boscaí istigh. Sin í an uair a chonaic sé an Airedale, dhá shúil dhearga sáite i mála feirge, agus é réidh chun léimt ar Fhuinneog. Bhéic Doras ar an madra agus bhí an oiread san údaráis sa bhéic gur chúlaigh an madra le sceamh. Sin í an uair a thuig Doras nach fearg a bhí ar an ainmhí bocht in aon chor ach ocras. Agus tart. Chuaigh sé suas chuige is dhein sé ceann an mhadra a mhuirniú. Bhí an créatúr beagnach marbh. Dhein sé lámh Dhorais a líreac. An scéal céanna ag an madra a bhí taobh leis, brocaire buí Gaelach.

Bhí Pa ar buile, mar bhí sé ina aonar agus gach éinne ag féachaint air, go mórmhór na mná a raibh málaí láimhe acu — gach bean díobh agus greim daingean aici ar a mála. Agus an bheirt, bhíodar tar éis dul isteach i dteach gan cead! Sin robáil. Sin gadaíocht! Beirt ghadaithe! Shocraigh sé láithreach dul thar n-ais go dtí an chathair. D'fhéach sé ina thimpeall arís. Bhíodar go léir ag féachaint air. Cinnte! An chathair!

Ní raibh an solas go maith i dtigín na madraí.

'Cloisim uisce in aice linn in áit éigin,' arsa Fuinneog.

D'éisteadar. Agus, ceart go leor, chualadar uisce ag titim isteach ar rud éigin. Fuair Fuinneog amach é, sconna a bhí i mbun an tí. Agus in aice leis, cannaí na madraí. Chas Fuinneog an sconna agus scaoil sí an t-uisce isteach sna cannaí. Bhí a fhios ag na madraí go raibh an t-uisce chucu agus iad ag léimt as a gcraiceann dá bharr. Ansan chuaigh an bheirt acu timpeall go dtí na cliabháin go léir. Bhí sotar rua ann agus shnap sé an canna as láimh Fhuinneoige is dhoirt sé ar an urlár é.

Bhí an trioblóid chéanna ag Doras le labradór mór dubh — dhoirt seisean dhá channa lán d'uisce ar an urlár agus bhí ar Dhoras greim a choinneáil air an fhaid is a chuir Fuinneog an canna os a chomhair.

Tháinig Doras ar ghadhar caorach agus dathanna Chill Mhantáin air, dubh is bán. Bhí rud éigin ait ag baint leis, agus níor thuig Doras cad é. Ach lean an madra agus an buachaill ag féachaint ar a chéile, agus diaidh ar ndiaidh gheal sé ar Dhoras gurbh é seo an madra a bhí ag caint leis. Shlíoc sé a cheann, go mórmhór na cluasa, agus ba léir nár shlíoc éinne le fada é.

'Mise agus tusa, a mhaidrín, táimid mór le chéile!' arsa Doras le bród, agus mar luach saothair fuair a lámha líreac deas te.

Bhraith Doras go raibh an madra seo an-chliste — ach níor thuig sé cén fáth gur cheap sé é sin.

I gceann tamaill bhí uisce a ndóthain ag na madraí. B'in an uair a d'aimsigh Fuinneog cófra agus cad a bheadh istigh ann ach mála mór Winalot — bia do mhadraí! Bhéic Doras le hiontas nuair a chonaic sé é. Níor thóg sé i bhfad orthu an stuif a chur timpeall go dtí na madraí go léir. Nuair a bhí deireadh déanta acu bhain an bheirt acu an-sásamh as bheith ag éisteacht leis na madraí, ó phúdal beag bán ag blaistínteacht go néata mar a dhéanfadh spideog go dtí bocsaeir mór cráite a bhí ag tabhairt slogadh na lachan dá chuid bia.

'Sea,' arsa Fuinneog, 'tá gaisce déanta againn, ach sin é an gaisce a chuirfeadh i bpríosún thú!'

Ní dúirt Doras aon rud go ceann tamaill. Ansan go deas mall dúirt sé: 'Níor thosnaigh an gaisce go fóill.'

Bhí ionadh ar Fhuinneog. 'Níos mó damáiste ag teacht?' ar sise.

Níor fhreagair Doras í mar chuaigh sé go dtí an fhuinneog ard agus, le cabhair boscaí, d'éirigh leis féachaint amach tríthi. Chonaic sé Pa uaidh ag feitheamh le traein a thabharfadh go dtína chathair álainn thar n-ais é.

'Cad é do mheas ar ár gcara Pa?'

'Is maith liom é agus is trua má imíonn sé uainn thar n-ais.'

'Ceapann sé gur coirpigh sinn.'

'Is coirpigh sinn anois tar éis briseadh isteach anso!'

'Ní maith liom é sin — ach níl leigheas air.'

'A Dhorais, a leithéid seo — táim bréan de bheith ag rith ós na gardaí de ló is d'oíche. Bhfuil aon slí as? Is é sin, bhfuil plean agat?'

'Tá míle agam. Bhfuil plean agatsa?'

'Níl! Níl plean agam mar ní raibh mé riamh fén dtuath. Agus níl a fhios agam ó thalamh an domhain cá bhfuilim.'

'Cá bhfuilimid, an ea? Táimid i stáisiún traenach, i dtigín lán de mhadraí bochta, agus níl aon chairde acu ach sinne.' Stop sé chun anáil a thógaint. 'Agus....'

'Agus,' arsa Fuinneog, 'níl aon chairde againne ach iad.'

Dhein Doras machnamh ar an méid seo. 'Tá an ceart agat, a Fhuinneog, caithfimid cairde eile a fháil in áit éigin.'

'Pa?'

'Ní maith liom é seo a rá ach Pa is an bheirt againne le chéile, ní réitímid le chéile. Tá sé róshean, sinne ró-óg dó. Bheadh daoine ag gearán.'

Dhein Fuinneog machnamh fada ar an méid seo. 'Ní maith leis an tuath!'

'Ná ainmhithe!' arsa Doras.

Shuigh an bheirt agus d'éisteadar leis na boscaí ag briseadh fúthu.

'A Fhuinneog, féach ar na madraí, tá gach ceann díobh ag féachaint orainne. Tuigeann siad nach bhfuil acu ach sinne.'

'Conas a chabhróimid leo?' arsa Fuinneog.

'Iad a scaoileadh as an áit seo!'

Thosnaíodar ag cuardach na háite ach ní raibh ar a gcumas an doras mór iarainn a bhí sa bhfalla a oscailt. Ní raibh aon slí amach ach an tslí a thug isteach iad, ach bhí an fhuinneog san ró-oscailte agus ró-ard.

Ansan lig Fuinneog scread aisti: 'Tá pluais anso, féach!'

Bhí an ceart aici, bhí pluais bhreá dhorcha aimsithe aici. D'fhéachadar isteach inti.

'Cá bhfuil sí ag dul?' arsa Doras.

'Seo, raghaidh mé isteach is chífidh mé,' arsa Fuinneog.

'Ná dein,' arsa Doras, 'cuir madra isteach ar dtúis.'

Agus sin an rud a dheineadar. Fuair Fuinneog an púdal agus thugadar go béal na pluaise é. Gan aon mhoill bhí sé imithe as radharc. D'fhanadar agus d'fhanadar.

'Is púdal deas é, táim cinnte go bhfuil sé imithe abhaile,' arsa Fuinneog. Ansan gan aon choinne chualadar scréach uafásach agus seo cat mór dubh amach as an bpluais chomh tapaidh san gur bhuail sé Doras sa leiceann. Thit Doras. D'imigh an cat as radharc.

Tar éis tamaill, seo amach as an bpluais Púdal bocht scanraithe agus fuil lena phus. Bhí Fuinneog an-bhuartha fén bhfuil. Phioc sí suas ina baclainn é is thosnaigh á shlíocadh.

'Sin fuil chait ar a phus, nach cróga an gaidhrín é?'

'An cat bocht. Cad a dhéanfaimid anois?' arsa Fuinneog.

'Madra eile,' arsa Doras agus shiúil sé timpeall. Tar éis tamaill tháinig sé thar n-ais leis an Airedale agus chuir sé isteach sa phluais é. 'Má tá cat eile ann sin cat an-mharbh.' arsa Doras agus dhein sé gáire.

D'fhanadar le rud éigin ach níor tharla aon rud. Tar éis tamaill chuireadar madra eile isteach, an bocsaeir. D'imigh seisean síos an phluais agus ghlan sé as radharc freisin mar a ghlan an Airedale roimhe.

'Níl a fhios agam cá bhfuil siad ag dul,' arsa Doras, 'ach tá súil agam gur áit dheas í.'

'Siopa búistéara éigin,' arsa Fuinneog. Agus leanadar ag cur na madraí sa phluais go dtí go rabhadar go léir imithe.

'Tá siad go léir imithe, tá gaisce déanta againn,' arsa Fuinneog.

Ach bhí Doras ag féachaint an fhuinneog mhór amach. 'Pa ag imeacht,' ar seisean, agus rith Fuinneog chun é a fheiscint.

Chonaic sí go raibh an traein tagtha agus chonaic Pa iad. Chroch sé lámh amháin san aer le slán a fhágáil acu. Ansan chuir sé an lámh lena bhéal, agus shéid sé póg i leith na beirte. Ach ansan tharla rud éigin mar chas an slua go léir ar rud éigin, Pa san áireamh. Chonaic an bheirt cad air a raibh an slua ag féachaint — na madraí. An Airedale ba mheasa. Chas seisean ar scata ban agus thug sé fúthu. Thosnaigh na mná ag screadach. Thosnaigh na madraí go léir ag amhastrach, agus gan aon mhoill bhí an stáisiún traenach trí chéile.

Seo isteach ó áit éigin na póirtéirí stáisiúin agus gach iarracht á déanamh acu breith ar na madraí. Bhí póirtéir amháin a bhí an-ramhar agus toitín ina bhéal i gcónaí aige agus dhein sé iarracht breith ar an mbocsaeir. Rug sé air ach ba bheag nár bhain an bocsaeir cúpla méar de. Chloisfí ag béicíl sa tsaol eile é.

'Ó, a Dhorais, tá eagla orm go bhfuil dochar mór déanta againn,' arsa Fuinneog. 'Caithfimid rud éigin a dhéanamh go tapaidh!'

Ní raibh Doras róshásta leis an scéal ach an oiread. Thuig sé go raibh an bheirt acu ciontach — é féin is mó. 'Sea, ach cad é?'

'Níl a fhios agam, ach b'fhéidir gur chóir dúinn dul amach ansan agus na madraí a chiúnú?'

Agus sin é an rud a dheineadar. Nuair a chuadar amach, an chéad rud a thugadar faoi deara ná Pa. Níor lig sé air go raibh aithne aige ar an mbeirt — rith sé uathu i bhfolach.

Thosnaigh an bheirt ag glaoch ar na madraí agus, ina gceann is ina gceann, thángadar chucu. Ach tháinig na póirtéirí.

'Cé sibhse?' arsa duine amháin díobh.

'Seo iad na madraí atá ag dul go Baile Átha Cliath. Bhíodar thall sa tigín,' arsa fear eile.

'Sea,' arsa an pórtéir ramhar, 'cuir fios ar na gardaí láithreach!'

Fén am seo bhí na madraí go léir timpeall orthu agus stop an chuid ba mhó den tafann. Chuaigh an slua isteach sa traein, chuaigh an tiománaí isteach sa traein, chuaigh Pa isteach sa traein ach nuair a bhí sé istigh sméid sé ar an mbeirt agus chroch sé a lámh arís le slán a fhágáil acu. Ghluais an traein amach as an stáisiún.

'Sea, na gardaí!' a scread na póirtéirí go léir le chéile.

Ba bheag nár thit Fuinneog nuair a chuala sí an focal gardaí!

'Cad is ainm duit?' arsa an póirtéir ramhar le Fuinneog.

'Fuinneog!' ar sise.

'Fuinneog!' arsa na fir go léir le chéile agus iad ag gáire.

'Agus,' arsa Fuinneog, 'seo Doras!' Ní raibh Doras róbhuíoch di.

'Fuinneog agus Doras!' arsa na fir de scread le chéile. 'Agus cá bhfuil Urlár?' ar siad agus gach gáire astu.

'Tá urlár imithe sa traein.'

'Cuir fios ar na gardaí!'

'Cuir fios ar shorcas!'

Chas Doras ar Fhuinneog. 'A Fhuinneog!'

'Sea?'

'Rith!'

Agus sin an rud a dhein an bheirt, mar ghlanadar leo

an geata amach go dtí an bóthar ach na madraí go scléipeach tafannúil ina ndiaidh. Stopadar nóiméad ag an mbóthar.

'Na madraí! Tá siad inár ndiaidh. Cad a dhéanfaimid?' arsa Fuinneog.

D'fhéach Doras orthu, a chairde, ach thuig sé go raibh deireadh leis an gcaradas.

'Scrios libh!' a scread sé.

'Scrios, scrios!' arsa Fuinneog, agus tar éis cúig nóiméad nó mar san bhí na madraí tar éis scaipeadh thall is abhus.

'Bhfuil siad imithe?' arsa Fuinneog.

'Beagnach,' arsa Doras, ach bhí tuairim aige go raibh ceann amháin a bhí an-mhall chun imeacht. D'fhéach sé ar na goirt agus ar na bóithríní, agus thall is abhus, agus cé nach bhfaca sé é bhí a fhios aige go raibh sé ann.


D'éirigh leo scarúint leis na madraí. D'éirigh leo siúl ó dheas fén dtuath deich míle nó mar san. D'éirigh leo bia a cheannach i siopa sceallóg agus é a thabhairt go dtí coill. Mar bhí sé beartaithe ag Doras oíche a chaitheamh i gcoill — rud nár dhein sé riamh. Agus bhíodar chun tine a lasadh, mar sin rud nár dhein Fuinneog riamh — tine a lasadh. Ná Doras.

Shroicheadar an choill. Bhí crainn mhóra ann. Bhíodar an-ard agus ag bun cuid acu bhí púcaí peill ag fás. Chuadar isteach go dtí go rabhadar ar strae. Ach bhí an scil san ag Fuinneog eolas na slí a bheith go nádúrtha aici. 'Halóó,' a dúirt Doras os ard, rud a bhain macalla as an gcoill — agus lean sé trí nó ceithre huaire. 'Halóó, halóó, halóó.'

Thriail Fuinneog é — 'Is mise Fuinneog,' ar sise, agus d'fhreagair an choill le 'Is mise Fuinneog.' Bhí sceitimíní uirthi nuair a chuala sí a hainm féin á tabhairt thar n-ais chuici.

Dhóigh na neantóga Doras agus d'éirigh cloig bheaga ar a láimh.

'Bhfuil ainmneacha na gcrann san agat?'

'Níl tuairim agam. Conas a dhéanfaimid tine gan lasáin againn?'

'Ná bí buartha, tá lastóir agamsa agus leath-thoitín, beidh spórt againn.'

Bhí an oíche ag titim agus an choill ag líonadh le scáthanna agus míle préachán ag socrú i gcomhair na hoíche.

'Táim chun an tine a lasadh,' arsa Fuinneog agus an lastóir ina láimh aici. Ach conas é a dhéanamh? Shiúladar suas is anuas, soir is siar ach bhíodar gan tine. Ansan rith smaoineamh le Doras, mar bhí trí leathanach as an *National Geographic* ina phóca aige, stuif mar gheall ar mhadraí. B'fhéidir go dtosnódh na leathanaigh seo tine? D'fhéach sé uair amháin eile ar na madraí sna pictiúir — madra caorach ón Oberland Beirneach agus huscaí ón tSibéir. Ba bhreá leis huscaí a bheith aige, mar bhí sé tar éis cuntas orthu a léamh. Agus ní.... Chuala sé clic, agus siúd os a chomhair lastóir Fhuinneoige agus é ar lasadh. Chuireadar tine leis na leathanaigh ach bhí leisce mhór ar Dhoras. Léim lasracha san aer.

'Go tapaidh,' arsa Fuinneog, 'duilleoga feoite nó aon rud tirim.'

Fuaireadar na duilleoga, agus thógadar tine. Ansan rith Fuinneog go dtí imeall na coille, áit ina raibh mórán aitinn ag fás. Bhí stuif an-tirim orthu. Rugadh é sin go dtí an tine agus gan aon mhoill bhí tine bhreá mhór acu. Agus fén am san bhí an oíche tagtha agus lasracha na tine ag cur na gcrann ag rince. Fuair Doras a lán adhmaid istigh i lár na coille agus dhein sé carn de don oíche ar fad.

Sheas an bheirt acu ar dhá thaobh na tine agus bród mór orthu. 'Is breá liom é,' arsa Fuinneog, 'agus dá mbeadh ciotal againn....'

'Tá gaisce déanta againn.'

Shuigh an bheirt acu síos agus d'fhéachadar isteach sa tine.

'Muna miste ceist a chur ort, a Fhuinneog, cá bhfuair tú an t-airgead don mbia sa tsiopa sceallóg?'

'Níor ghoid mé é más é sin atá i gceist agat.' Lean tost mór é seo. Ní raibh aon ghaoth ann, agus ní raibh aon chorraí as na crainn. I bhfad ó bhaile chualadar caoirigh ar chnoic. 'Tá aintín agam. Le cúpla bliain cuireann sí airgead chugham—gan fhios.'

'Tuigim,' arsa Doras, 'dá mbeadh a fhios ag Little Women é agus an chábóg san Heatherwall ní fada eile a bheadh sé agat, tuigim lucht altramais.' Chuir Fuinneog a thuilleadh adhmaid ar an tine agus bhaineadar taitneamh as na lasracha — bhí an tine ag fás.

'Tá aintín agat, tá an t-ádh leat.'

Tar éis tamaill, arsa Fuinneog, 'Bhfuil aintín agatsa?'

Mheas sí nach bhfreagródh sé go deo í.

'Níl, ach b'fhéidir go bhfuil, ní fhaca mé riamh í, ach dúirt duine éigin go raibh deirfiúr ag mo mháthair. Sin aintín, nach ea?'

'Sea,' ar sise, 'ach an bhfuil do … is é sin an bhfuil éinne agat?'

D'éisteadar leis an adhmad ag giúnaíl agus ag sioscadh is na spréacha ag léimt.

'Níl éinne agam.'

Chualadar bó ag géimneach.

'Tá súil agam nach tarbh é sin!'

'Nach féidir leat dul go dtí d'aintín?'

'M'aintín? Tá fear aici agus is bastard ceart é.'

'Tuigim. Bíonn fadhb ann i gcónaí.'

'Bíonn. Dá bhrí san níl éinne agam.'

'Níl éinne againn.'

D'éirigh Doras agus shiúil sé as radharc isteach sa choill. D'fhág sé Fuinneog léi féin cois na tine. Thosnaigh sí ag éisteacht le fuaimeanna beaga coille. Ansan rud antrom ag titim. Ansan fuaim. Ní hea — fothram. D'éirigh sí go tapaidh. 'An tú atá ansan? Doras?'

Ní bhfuair sí aon fhreagra ach bhí rud éigin ann. Ghlaoigh sí os ard: 'A Dhorais! Tar anso go tapaidh, tá rud éigin anso.'

Chuala sí ag teacht é, ach bhí sé rómhall mar léim ainmhí amach uirthi is scread sí in ard a cinn.

'Níl ann ach asailín!' arsa Doras agus é ag gáire. Rith an t-asal isteach sa choill. Nuair a tháinig Doras in aice na tine chonaic sé go raibh sí scanraithe as a meabhair.

'Ná fág i m'aonar arís mé, led' thoil,' ar sí, agus gearán beag ar a guth.

'Ní fhágfaidh. Ach cheap mé go raibh duine sa choill in éineacht linn.'

'An bhfuil?'

'Níl, cinnte. Ná bí eaglach, níl aon rud anso ach adhmad, agus sceacha.'

'Adhmad is sceacha, comhluadar maith. A Dhorais, an féidir linn suí síos agus labhairt le chéile mar gheall ar … ar an … gcás ina bhfuilimid?'

Shuíodar síos. 'Tá sé in am caint a dhéanamh,' arsa Doras, 'ach níl tuairim agam cad atá le rá, mar ní thuigim cad a thug le chéile sinn.'

'Níl agamsa ach an oiread, agus gach rud a thit amach bhí sé fíor-ait!'

Thit ciúnas orthu mar chuaigh a n-aigne siar ar gach rud a tharla: sceallóga, Pa, gardaí, Scratchy, an traein, stáisiún fén dtuath, na madraí, na póirtéirí. Liosta fada aisteach.

B'éigean do Dhoras a scéal ina iomlán a insint di, agus éisteoir maith a bhí inti. 'Thosnaigh mo scéalsa sa dílleachtlann, le madra mallaithe. Agus ansan Missus Mussolini, agus an t-ainmhí álainn san, Garibaldi.' Bhí

Fuinneog an-tógtha lena scéal, ach chomh luath is a bhí deireadh inste aige theastaigh ó Dhoras scéal Fhuinneoige a chloisteáil.

'Mo scéal, an ea? Scéal uafáis! Cá dtosóidh mé?'

'Aon áit.'

'Tá go maith. Mo mháthair, nuair a bhí mé trí, d'imigh sí le fear. D'fhág sí mise lem' dhaid. Fuair m'athair bás go luath agus cuireadh mise isteach i ndílleachtlann.'

'Tá máthair agat!' arsa Doras agus iontas air.

'Níl a fhios agam, mar níor tháinig sí riamh chugham arís. Chaith me deich mbliana ag gol. Cá bhfuil sí? Cén fáth?'

'Sin iad na ceisteanna atá agamsa freisin, níl aon eolas agam ar mo mháthair féin. Cá bhfuil sí? Cén fáth? Agus gan aon fhreagra.'

D'éisteadar leis an dtine. Ní raibh aon ghaoth ann mar chuaigh an deatach suas díreach. Ansan go hobann gheit Doras agus dhírigh sé a lámh isteach sa dorchadas. Gheit Fuinneog.

'Chonaic mé rud éigin, dhá spota órga,' ar sise.

D'éirigh Doras is shiúil sé go dtí imeall na coille. Tháinig sé thar n-ais is dúirt: 'Ní baol dúinn, inseoidh mé cad atá ann ar ball. Lean ort leis an scéal.'

D'fhéach Fuinneog isteach sa dorchadas. 'Tá súil agam go bhfuil an ceart agat. Sea, níor tháinig mo mháthair riamh ar cuairt chugham. Go mórmhór an Nollaig. Ná ar mo lá breithe.'

'Cad é do lá breithe?'

'An cúigiú lá de mhí na Samhna. Cad é do cheannsa?'

'Níl a fhios agam, níl a fhios ag éinne. An lá atá ar pháipéar dom ná an deichiú lá d'Aibreán. Ach dúirt banaltra liom nach raibh a fhios ag éinne, bhí an dáta caillte.'

'Níl a fhios agat do lá breithe! Tá sé sin go huafásach, tá lá breithe ag gach éinne.'

'Ach tá dáta rúnda agam, an séú lá déag d'Iúil.'

'Cén fáth an lá san?'

D'éirigh sé agus shiúil sé isteach sa dorchadas. Tháinig sé thar n-ais agus chaith sé é féin síos in aice na tine.

'An lá san? Mar sin é an lá a fuair mé amach go raibh bua agam le madraí.'

'Ó is scéal breá é sin. Cuimhneoidh mé ar do lá breithe, má bhímid le chéile.'

Thosnaigh Doras ag cuardach a chuid pócaí. 'Bhfuil aon arán fágtha?' Thug sí rollóg aráin dó.

'Tá comhluadar againn,' arsa Doras.

D'éirigh Fuinneog agus d'fhéach sí isteach sa dorchadas. 'Conas comhluadar? Asal? Feirmeoir? Gardaí?'

Níor thug sé aon fhreagra uirthi ach lean sí ag féachaint isteach sa choill. Bhí rud éigin ann. Ansan chonaic sí na spotaí órga arís ar imeall sholas na tine. 'A Dhorais, tá rud éig....' Ansan chonaic sí cad a bhí ann. Madra! 'Madra!' ar sise agus ionadh uirthi.

Bhris Doras an rollóg agus chaith sé píosa de go dtí an madra. Ghlan an madra as an áit láithreach.

'Bímis ag caint le chéile,' arsa Doras, 'agus ná féach ina threo.' Agus sin an rud a dheineadar, caint, agus níor ligeadar orthu go raibh aon mhadra ann.

'D'inis mé bréag duitse agus do Pha—níorbh é *Little Women* agus Heatherwall a chuir as mo mheabhair mé ach na cailíní eile sa teach altramais. Chaitheadar an lá ag magadh fúm. Agus istoíche bheadh rudaí gránna curtha i mo leaba acu, scuab urláir, bróga, leabhair agus a leithéidí, agus, uair amháin, fear bréige déanta de thuí. Tá siadsan imithe as mo shaol, agus anocht táim saor orthu.'

'Ní raibh a fhios agam go raibh cailíní chomh gránna san.'

'B'fhéidir nach dtuigeann tú cailíní.'

Chuir sé a lámh suas san aer go tapaidh. 'Ná féach ar an madra.'

Ach d'fhéach Fuinneog. 'Hé, a Dhorais, is é an madra caorach dubh is bán é a bhí i dtigín na madraí.'

Ach níor fhreagair Doras mar bhí an madra tagtha go dtí an píosa aráin a bhí ar an dtalamh. Chuir sé a shrón leis, ansan go hobann thóg sé a cheann agus d'fhéach ar an mbeirt. Bhí sé sásta. A shrón leis an arán arís ach an turas seo d'alp sé siar é.

'Imeoidh sé anois ar feadh tamaill mar caithfidh sé a aigne a dhéanamh suas mar gheall ar an mbeirt againne. Is é sin, an bhfuilimid gránna nó cairdiúil? Nuair a bheidh sé cinnte beidh sé thar n-ais.'

Bhí an ceart ag Doras mar ghlan an madra as an áit agus líon an dorchadas isteach san áit ina raibh sé.

'An bhfanfaidh sé linn? Má thagann sé thar n-ais atá i gceist agam,' arsa Fuinneog.

'Má fhanann sé linn tuigeann sé go bhfaighidh sé an píosa atá fágtha.'

'Cá bhfios duit?'

'Mar táimse tar éis bheith ag caint leis le dhá uair an chloig anuas. Sin bua atá agam.'

'Tá's agam, chonaic mé tú le madra Scratchy.'

'Níor chuir tú an cheist mhór orm!'

'An cheist mhór? Cad é sin?'

'Cá bhfuilimid ag dul?'

'Sea, sea, bhí mé chun an cheist san a chur ort míle uair. Cá bhfuilimid ag dul?'

'Níl tuairim agam. Ach amháin go bhfuilimid ag dul ó dheas tríd an dtuath. Agus níl pingin agam. Ach féach an turas fada atá déanta againn go dtí seo. Agus rud eile, bíonn tuairimí agam mar gheall ar gach rud, agus deireann na tuairimí seo go mbeimid i gceart agus go mbeidh an madra linn.'

'Ó ba bhreá liom madra a bheith agam.'

'Mise a chonaic ar dtúis é.'

'Sea, is tú. Ach cad tá cearr leis an madra ag an mbeirt againn?'

'Níl aon troid agam leis sin, madra agus dhá úinéir. OK, a Fhuinneog?'

'Ina mhargadh, a Dhorais, ach an dtiocfaidh sé thar n-ais?'

'Níl aon dabht air sin.'

'An cheist dheireanach, mar tá codladh ag titim ormsa, cá gcaithfimid an oíche?'

'Anso, cois na tine,' arsa Doras, agus chaith sé a thuilleadh adhmad ar an dtine.

'Codladh a dhéanamh anso? Ach an mbeimid sábháilte?'

Dhein Doras gáire. 'Beidh mise anso agus b'fhéidir an comhluadar eile.'

'Agus níl aon chodladh ort, tar éis lá fada!'

'Níl codladh orm mar táim i gcoill, ní rabhas riamh cheana, agus táim cois tine a lasamar féin, tá sceitimíní orm, táim chomh sásta san.'

Agus níor fhreagair Fuinneog mar bhí na súile ag dúnadh. D'fhan Doras ina shuí, ach cluas le héisteacht air mar bhí a fhios aige go raibh an madra in aice leis an dtine arís. Thóg sé amach an t-arán agus bhris sé píosa de. Thuig sé go bhfaigheadh an madra an boladh. Agus fuair, mar tháinig sé go dtí imeall an tsolais. Trí huaire dhein an madra iarracht ar an arán a thógaint, agus trí huaire stop sé. Ach ar deireadh thiar ní raibh an madra bocht ábalta ar gan é a thógaint — d'alp sé siar é.

Gan aon mhoill, seanchairde ba ea an buachaill agus an madra agus gach líreac ar na méireanta, bhí an madra chomh sásta san. Dhúisigh Fuinneog agus d'fhás aoibh bhreá ar a haghaidh nuair a chonaic sí go raibh comhluadar nua acu. Dhún sí na súile arís mar is crua an máistir an codladh. Ach níor thit aon néal codlata ar Dhoras mar bhí sé chomh tógtha san lena chara nua.

Tuairim is meán oíche bhuaigh an codladh ar Dhoras. Ach má dhein, dhein an madra é féin a chuachadh isteach in ascaill a mháistir. Sa pháirc a bhí timpeall na coille bhí capaill, gabhair, asail agus muca, ach níor chuireadar isteach ar an dtriúr cois tine mar fuaireadar boladh an mhadra agus ba leor san.

Gheal an lá ar an dtriúr ach níor dhúisigh éinne acu, fiú amháin an madra. Thuas ar bharr na gcrann bhí clampar ceart ar siúl ag na cága agus préacháin. Bhí ceo ag éirí as an lochán a bhí istigh i lár na coille. Bhí bulláin ag géimneach in áit éigin, rud a dhúisigh Fuinneog.

Bhain sé tamall di a dhéanamh amach cá raibh sí, ach de réir a chéile thuig sí agus líon a croí le haoibhneas nuair a chuala sí na préacháin, agus nuair a chonaic sí na sceacha mórthimpeall. Agus bhí sí saor. 'Saor!' a scread sí chomh hard san gur léim na lonta dubha go léir as na sceacha, rud a dhúisigh Doras. Sa tslí chéanna le Fuinneog ní raibh a fhios aige cá raibh sé.

'Níl a fhios agam cá bhfuilimid, ach a Dhorais, táimid saor.'

Shiúil sí síos chuige ach má dhein stop sí mar bhí madra dubh is bán roimpi agus ón nglór a bhí ag teacht uaidh ní raibh sé sásta í a ligean thairis.

'Hé, a Dhorais, cad é seo? Fear agus madra i mo choinne, tá sé ag drannadh chugham. Dheineamar margadh, is leis an mbeirt againn an madra!'

'Tóg go bog é go fóill.' D'éirigh sé is rug ar an madra, agus rug sé ar láimh Fhuinneoige, agus chuir sé an lámh ar cheann an mhadra. 'Anois dein a cheann, agus go mórmhór na cluasa, a shlíocadh.'

Dhein sí é sin agus ba bhreá leis an madra é. As san amach aon uair a chonaic sí an madra leis féin dhein sí an slíocadh agus tar éis tamaillín bhig bhíodar ina gcairde.


Chuadar amach ar an mbóthar agus ina dhiaidh san bóthar níos mó, agus ar deireadh bhaineadar amach an bóthar mór, áit a bhí lán de leoraithe móra.

'Stop ceann de na leoraithe agus gheobhaimid síob in ionad bheith ag siúl,' arsa Fuinneog.

'Smaoineamh maith,' arsa Doras, agus gan aon mhoill bhí a ordóg san aer aige.

Chuaigh tuairim is deich gcinn thart gan stopadh. Ach lonraigh cuid acu na soilse orthu. Faoi dheireadh stop ceann amháin.

'Cá bhfuil sibh ag dul?' arsa an tiománaí, agus glór uafásach ag teacht ón inneall.

Bhí beirthe ar Dhoras. 'Cá bhfuilimid ag dul, an ea?' arsa Doras, agus ní raibh tuairim aige. 'Táimid ag dul, ag dul....'

'Táimid ag dul an treo san,' arsa Fuinneog agus a lámh dírithe ar na cnoic i bhfad uathu. D'fhéach an tiománaí ar na cnoic, ansan ar an mbeirt.

'Tá madra agaibh!'

'Tá.'

'Cad is ainm dó?'

'Ainm!' arsa Doras, 'is é is ainm dó ná ... ná....'

'Spot is ainm dó,' arsa Fuinneog.

'Spot!' arsa an tiománaí, agus thosnaigh sé ag scrúdú na beirte. 'Níl a fhios agaibh cá bhfuil sibh ag dul agus níl ainm an mhadra agaibh agus tá sibh an-óg, agus tá ceadúnas agam agus ba mhaith liom é a choimeád,' agus dhún sé an doras de phlab orthu. Bhailigh an leoraí leis go tapaidh agus é ag séideadh deataigh ina dhiaidh. D'fhéach an bheirt ina dhiaidh, ansan ar a chéile.

'Bhí beirthe orainn—ainm an mhadra,' arsa Fuinneog agus leathgháire ar a haghaidh, mar chonaic sí greann sa scéal.

'Spot!' a leithéid d'ainm do mhadra!' arsa Doras.

'Tá go maith, cuir féin ainm ar an madra!'

Dhruideadar isteach go taobh an bhóthair mar bhí an trácht go dona. Thosnaigh Doras ag machnamh. Tar éis tamaill, dúirt sé 'Clais.'

'Is maith liom é,' arsa Fuinneog, 'ach cén fáth Clais?'

'Mar Cill Chlais b'ainm don áit ina bhfaca sinn ar dtúis é, an stáisiún traenach. Is dóigh liom gur ceann maith é.'

Ba léir go raibh sé bródúil as an ainm.

'Is ceann maith é, gan amhras. Ach....'

'Ach! Bhí a fhios agam go raibh *ach* ag teacht. Cad a cheapann tusa?'

'Á, á, níl Clais ag teacht le Doras is Fuinneog,' ar sise. Thit ciúnas mór ar an mbeirt. 'Scuab!' ar sise, 'Tagann an focal san leis an mbeirt againne.'

'Scuab? Má chloiseann éinne na hainmneacha seo cuirfear i dtigh na ngealt sinn.' Tar éis tamaill dúirt sé: 'Sea, a Fhuinneog, tá Scuab go deas, oireann sé do ghadhar caorach, tá tú go maith le hainmneacha.'

Ní raibh aon choinne ag Fuinneog leis an bhfreagra san. 'Tá tú sásta leis! Cuireann sé sin gliondar orm! Go raibh maith agat, a Dhorais.'

Chonaic Doras comhartha bóthair tuairim is míle slí eile ar aghaidh. Gheobhadh siad ainm de shaghas éigin uaidh agus tosú as an nua ón áit san. Nuair a bhaineadar an post amach ní raibh ach ainm amháin ann, Baile Glas.

'Baile Glas, tá súil agam go mbeidh an t-ádh linn san áit san'.

Thosnaigh Doras ar an ordóg arís, Fuinneog ina seasamh leis agus Scuab ina shuí taobh léi. Dúirt Doras gur fhéachadar níos néata le chéile mar san. Thosnaigh na leoraithe móra ag rásaíocht tharstu arís, ach bhí a fhios acu nach stopfadh siad do dhaoine óga le madra. Sa deireadh stop leoraí mór dearg a bhí lán de bhanbhaí agus glór dochreidte ag teacht uathu.

'Cá bhfuil sibh ag dul?'

'Baile Glas.'

'Táimse ag dul go Fothain.'

Thit tost ar an leoraí.

'Dá bhrí san, táimid ag dul go Fothain,' arsa Fuinneog.

D'fhéach an tiománaí orthu — á dtomhas, mar a

déarfá. 'Tá sibh an-óg, cad atá á dhéanamh agaibh sa cheantar seo?'

Tost fada eile! Sa deireadh tháinig an freagra chuig Doras. 'Chailleamar madra sa cheantar seo, deirfiúr don gceann seo.'

Scrúdaigh an tiománaí Scuab.

'As Cill Chlais dúinn,' arsa Fuinneog.

'Cill Chlais! Gach rud ina cheart más ea,' arsa an tiománaí, agus thóg sé isteach iad. Ghluais an leoraí chun siúil. Scaoil Fuinneog a hanáil amach.

'Jim is ainm dom, bhí aithne agam ar fhear ó Chill Chlais, rud éigin cosúil le Cooney a bhí air. Sea, agus Mick, nó Dan a bhí air. Ní hea, fan, Paddy a bhí air. Bhfuil aithne agaibh air?'

Tost mór eile go dtí gur bhris Fuinneog isteach air. 'Cooney? Ó sea, ainm coitianta i gCill Chlais. Ceapaim gur cailleadh an Cooney san.'

'Á, caillte, faraor, éist leis sin. Dan bocht, Mick. Ní hea Timmy bocht. Bhuel, sin é an saol. B'fhéidir go bhfuil do mhadra i bhFothain, mar tá a lán ainmhithe san áit, agus madraí.' Thóg sé amach mála bán lán de sceallóga agus ispíní agus burgair. 'Sin bronntanas a fuaireas sa gharáiste, ach táimse ar aiste bia. Ar mhaith libh iad?'

Dheineadar a ndícheall gan ocras a thaispeáint, ach bhí sé deacair mar bhí an bia an-bhlasta. Thug Fuinneog ispín do Scuab.

'An bhfuil aon mhaith sa mhadra?'

'Conas maith?' arsa Doras.

'Ó, tá's agat, lucha móra, madraí gránna a stracadh as a chéile, cait a ruaigeadh — is gráin liom cait — agus rudaí mar san.'

'Bhuel, ní brocaire é, is madra caorach é, ach tá sé go maith mar gharda istoíche. Agus is é an togha é nuair a bhíonn caoirigh i gceist. Nó aon saghas ainmhithe.'

'Is breá liom é sin a chloisteáil, mar ní maith liom madraí leisciúla — má tá gnó le déanamh, dein é in ainm Dé. Agus muna ndeineann sé é, cuir go dtí an tréidlia é.

Thuig Doras go gcaithfeadh sé bheith an-chúramach le Jim.

'Cad is ainm duit?'

'Dorian Carmody.'

'Agus tusa?'

'Penelope Woodham Smyth.'

Ba bheag nár chuir sé an leoraí den mbóthar nuair a chuala sé Fuinneog.

'Woodham Smyth — táimid leis na huaisle, a Mhister Carmody, nach bhfuil? Is breá liom na huaisle mar tá stíl ag baint leo. Níl stíl ag baint liomsa. Agus níl stíl ag baint leatsa, a Mhister Carmody, ach tá leis an mbean seo — bhí a fhios agam nuair a tháinig sí isteach an chéad uair. Sea, uaisleacht.'

'Sea, a Jim, tá sí uasal OK, 'dtuigeann tú? Rugadh i gcaisleán í.'

'Rugadh i gcaisleán í! Sin é an rud atá cearr leis an saol, níl dóthain caisleán ann agus níl dóthain uaisle ann. Daoine comónta i ngach áit, mise á rá leat. Dorian

Carmody, tá tú comónta. Táim féin an-chomónta ar fad. Ach uaireanta bím uasal. Cúpla soicind d'uaisleacht agus ansan, de phlab, imithe,' agus thóg sé an dá láimh den roth stiúrtha agus bhuail sé le chéile iad. Dhún Doras na súile nuair a chonaic sé é seo.

Lean an leoraí ag dul ar aghaidh. Bhí Doras suite taobh le Jim, agus b'ionadh leis go raibh Jim ag caint leis féin. Níor thuig sé cad a bhí á rá aige — bhí sé ró-íseal. Ach nuair a thosnaigh sé ag argóint le duine éigin nach raibh i láthair agus an leoraí ag tógaint dhá thaobh an bhóthair, d'éalaigh an focal 'Jim!' os ard as a bhéal.

'Ní gá dhuit bheith buartha, a Mhister Carmody, is ceann de na tiománaithe is fearr mise, deireann gach éinne é. Agus tá ualach an-saibhir agam, muca — bainbh is mó. Tiománaí maith, adeirim.'

Rith rud éigin trasna an bhóthair agus dhein leoraí Jim pleist de. 'Madra nó cat?' arsa Jim.

'Cat, measaim,' arsa Fuinneog.

Lean Jim ag tiomáint agus é an-sásta leis féin. Chas sé an raidió, cluiche sacair a bhí ar siúl, An Liotuáin agus Uganda. Ach ní raibh Jim sásta leis.

'Níl aon rud ag tarlúint, marbh amach is amach.' Chas sé an raidió arís agus fuair sé snagcheol. D'ardaigh sé é. 'An maith leat snagcheol, a Mhister Carmody?'

Ní raibh a fhios ag Doras cad ba cheart dó a rá. 'Áh ... uaireanta.'

'Is breá liom an freagra san, uaireanta. Gach rud uaireanta, adeirim. Is fear uaireanta mé. Is breá liom snagcheol, mar nuair a bhíonn tú ag éisteacht....'

'Seachain an t-asal,' a bhéic Doras. Stop an leoraí go hobann, thrasnaigh an t-asal an bóthar, ach an glór a bhí ag teacht ó na muca bhodhródh sé an saol.

Léim Jim amach, léim Doras amach, léim Scuab amach. D'fhan an duine uasal ina suí. Bhí rud éigin — clúdach mór canbháis — tar éis titim ar na muca agus cloisfí sa tsaol eile iad. Thosnaigh Jim ag béicíl. Leag sé síos an garda cúil agus léim sé féin agus Doras isteach chun cabhrú leo. Ach bhí trí mhuc ghlice ann a chonaic a seans, agus ní fhaca Jim in am iad.

'Cuir suas an garda arís nó léimfidh siad amach!' a scread sé.

'Gabh mo leithscéal,' arsa Doras mar níor thuig sé, agus díreach ag an nóiméad san léim trí cinn de mhuca amach ar an mbóthar agus ritheadar ar nós an diabhail síos ón leoraí. Nuair a chonaic Jim é sin thosnaigh sé ag eascaíní agus ag béicíl, agus sin rud a chuir scanradh ar Dhoras mar ní raibh a fhios aige cad ba cheart dó a dhéanamh. Chuir Jim an garda suas.

'Cá bhfuil na cinn a léim amach?'

D'fhéachadar síos an bóthar agus chonaiceadar na muca agus iad beagnach as radharc. Thosnaigh Jim ag gearán mar go raibh cos thinn air.

'Raghaidh mise ina ndiaidh,' arsa Doras.

'Beidh siad róghlic duit,' arsa Jim.

Ach léim Doras síos ar an mbóthar agus bhí sé chun dul i ndiaidh na muc nuair a tharla rud gan choinne.

Cad a dhein Scuab ach rásaíocht go tapaidh uaidh féin síos an bóthar. Agus lean sé air go dtí go raibh sé féin as radharc chomh maith.

'Sea. Anois an cheist,' arsa Jim. 'Cad a dhéanfaidh an madra nuair a shroichfidh sé na muca? An maróidh sé iad?'

Bhraith Doras uisce fuar ar a chroí. D'fhéach an bheirt síos an bóthar. Bhí sé chomh glan le pláta.

Tháinig Fuinneog amach chucu. 'An féidir liom cabhair ar bith a thabhairt?'

Lean an bheirt ag féachaint ar an gcuid den mbóthar a bhí i bhfad uathu.

Nuair a tháinig Scuab suas leis na muca rith sé tharstu tamall agus stop sé, agus chas sé. Stop na muca. Bhí madra agus muca ag stánadh ar a chéile go dtí gur chuir muc cos amháin chun tosaigh. Chuaigh an madra ina treo beagán. Stop an mhuc. Leanadar ar bheith ag stánadh. Go hobann lig Scuab glam as agus má dhein, chas na muca agus ghlan leo thar n-ais go dtí an leoraí, áit inar stop Jim agus Doras iad.

'Iontas na n-iontas!' arsa Jim, 'a leithéid de mhadra, is ginias ceart é, mar tá's agam go bhfuil sé go maith le caoirigh, ach muca! Níor chuala a leithéid riamh. Thuig sé cad a bhí uainn. Muca!'

Ach ní raibh deireadh leis an scéal mar bhí orthu na muca a chur thar n-ais sa leoraí.

'Ní féidir liomsa é a dhéanamh leis an gcos thinn. Tusa, a Mhister Carmody, cad mar gheall ort?'

'Sea, cad a dhéanfaidh mé?'

'Beir ar mhuc agus cuir thar n-ais sa leoraí é. Seasfaidh mise ar garda.'

Níor dhein Doras aon rud mar seo riamh ina shaol, agus bhí sórt eagla air tabhairt faoi.

'Cabhróidh mise leat,' arsa Fuinneog.

Agus sin mar a bhí, muca ag éalú thall is abhus is beirt ag iarraidh breith orthu.

'Beir ar chluais is ar eireaball orthu,' scread Jim orthu.

Rug Doras ar chluais amháin ach theip air breith ar eireaball, is d'éalaigh an banbh san leis. Bhí an bheirt ag éirí tuirseach. Ach bhí na muca mar an gcéanna. Leagadh Fuinneog isteach sna driseoga agus bhí sí ar buile ar eagla go raibh a jeans stractha. Ní raibh. Ach ní raibh Fuinneog sásta an cluiche seo a imirt a thuilleadh.

Doras bocht! Leagadh deich n-uaire é ach sa deireadh rug sé ar bhanbh ina ghabháil. D'éirigh leis é a chur isteach sa leoraí — ar éigean.

'Maith thú!' arsa Jim.

An t-am go léir bhí Scuab ag féachaint ar an seó. Agus nuair a thosnaigh Doras ag iarraidh breith ar an dara ceann, cad a dhéanfadh sé ach, i gcúpla soicind, banbh a theanntú i gcúinne idir an leoraí agus geata páirce. Stop gach éinne agus d'fhéacheadar ar an madra. Bhí an mhuc gafa i gceart. Ní ligfeadh an madra di teacht ná imeacht.

Gháir Jim le gliondar. 'Thar a bhfaca mé riamh. Agus madra mar seo timpeall níl seans ag muc.'

Tharla an rud céanna leis an dtríú banbh, agus gan aon mhoill bhí triúr timpeall an mhadra á mholadh is á shlíocadh. Ba léir freisin go raibh an madra lánsásta leis an moladh.

'Cá bhfuair sibh an madra seo?'

'Bhí sé againn ó bhí sé ina choileán,' arsa Doras go tapaidh, mar chonaic sé an cheist ag teacht.

'Madra iontach é, gan dabht. An mó ar a ndíolfá é?'

'Is duine den gclann é. Conas a d'fhéadfaimis é a dhíol?' arsa Fuinneog, agus chuir sí an dá láimh timpeall an mhadra.

'Thabharfainn praghas maith air,' arsa Jim, agus saint ar a shúile.'

Lean tost an píosa eolais san.

'Cé mhéid a thabharfá air?' arsa Doras.

Thosnaigh sé ag caint fén bhfiacail agus gach 'hú agus há' as.

'Bhuel, is fiú cúpla céad é ar a laghad.'

D'fhreagair Doras, 'Cúpla céad cad é?'

Bhí tost fada ann agus Jim ag útamáil le cúl an leoraí. 'Bhuel euro, abraimis cúig chéad euro!'

Bhí na muca ag socrú síos.

'Sé chéad! Seacht gcéad! Go leith!'

'Seacht gcéad go leith, déanfaimid machnamh air. Beimid thíos i gCill Chlais.'

Chuadar isteach sa leoraí agus iad ag déanamh ar

Fothain agus chuir Jim síos ar na madraí go léir a bhí aige lena shaol. Bhí an tuairim ag Doras gur duine deas é ach go raibh sé ina scaothaire freisin.

Tar éis tamaill stop an leoraí. Áit an-bheag a bhí ann, sé cinn de thithe agus cuma bhocht orthu. 'Cá bhfuilimid, a Jim?'

'Táimid i bhFothain.'

'Tá sé….'

'Áit an-bheag ar fad é, teach tábhairne amháin, siopa nuachtán, séipéal, garáiste, beairic na ngardaí, agus thíos….'

'Cá bhfuil beairic na ngardaí?'

'An ceann mór seo in aice linn.'

D'fhéach Doras suas ar an bhfoirgneamh mór.

'Tigh an-deas é,' arsa Fuinneog.

'Táim ag dul isteach ann anois chun a fháil amach cá bhfuil fear na muc.'

Agus sin a dhein sé. Ghlan sé as radharc. D'iompaigh an bheirt ar a chéile mar chuir tigh mór na ngardaí scanradh orthu.

'Anois rithimis an fhaid is atá an seans againn,' arsa Doras.

'Fan socair go fóill,' arsa Fuinneog, 'seo chughainn garda. Bímis ag caint.'

'Coinnigh oscailte an doras chun go bhfeicfidh sé an madra.'

Sea go díreach, tháinig an garda suas chucu, agus é ag gáire. 'Conas tánn sibh?'

'Go maith, a Gharda,' arsa Doras.

'Á, madra deas é sin. Bhfuil aon mhaith ann?'

Labhair an bheirt le chéile, ach stop Doras.

'Tá sé go maith istoíche mar gharda,' arsa Fuinneog.

D'fhéach sé ar Fhuinneog nuair a bhí sé ag caint. 'Is maith liom é sin a chloisteáil,' ar sé, agus lena láimh, d'fhág sé slán acu. D'fhéach an bheirt air ag siúl uathu.

'A Dhorais, lig domsa an chuid is mó den gcaint a dhéanamh nuair a bhíonn siad ag lorg eolais ar an madra, nó ar cá bhfuil cónaí orainn.'

'Cén fáth tusa?'

'Mar is cailín mé, ach uaireanta is bean mé.'

D'fhan sí tamall fada ag feitheamh le freagra.

Tháinig sé. ''Leithscéal, táim mall inniu, a Fhuinneog, as seo amach tusa fear na cainte,' arsa Doras.

D'fhéach an bheirt amach ar shráidín Fhothain agus d'aontaíodar nach mbeadh aon saol maith le fáil ann.

'Caithfimid caint a dhéanamh mar gheall ar an madra seo, ní fhaca mé aon mhadra riamh mar é.'

'Aontaím leat, ach caithfimid caint a dhéanamh ar cá bhfuilimid ag dul.'

Bhí sé deacair caint a dhéanamh ar an gceann san mar ní raibh na freagraí acu.

'Táim bréan de bheith ag rith rith rith, gach lá, gach oíche,' arsa Fuinneog. 'Bheadh an teach altramais níos fearr. Ní hea, níl san fíor, tá sé seo níos fearr.'

'Is breá liomsa an rith,' arsa Doras, 'Bhuel, go dtí anois. Ach tá an ceart agat. Seo mar a fhéachaim air, caithfimid bualadh le daoine deasa a chabhróidh linn.'

'Daoine deasa cosúil le Pa, Scratchy agus Jim?'

Bhain san tost astu.

'Sea, ní raibh an t-ádh linn leis na daoine san,' arsa Fuinneog. 'Ach mar san féin chabhraíodar linn.'

'Cad mar gheall ar an bhfeirmeoir seo?' arsa Fuinneog.

'Sea, fág an feirmeoir fúmsa.' arsa Doras, agus d'éiríodar amach ar an tsráid.

Ní raibh aon rud ag tarlúint i bhFothain agus sin é an fáth gur tháinig muintir an bhaile go léir amach ar an tsráid nuair a thosnaigh an leoraí leis na muca ag déanamh gleo agus fothraim. Bhí an feirmeoir ann i mbéal an bhóithrín a bhí ag dul suas go dtína fheirm. Fear mór ramhar a bhí ann a bhí lán de gháire. Ach bhí rud amháin mar gheall air nár thaitin le Doras — bhí na súile an-bheag aige. Bhí rud eile fós nár thaitin le Doras, ba dhuine é a bhí i gcónaí ag maíomh. Thaispeáin sé a uaireadóir do gach éinne.

'Rolex!' ar seisean. 'Agus ní ceann bréagach é, mise á rá libh. Rolex, agus tá a leithéid ag Leonardo DiCaprio! Sea, Leonardo DiCaprio!'

Timex a bhí ag Doras — is ní dúirt sé focal. Ní raibh aon cheann ag Fuinneog.

Sheas an feirmeoir ansan ag comhaireamh na muc a bhí ceannaithe aige. 'Daichead a ceathair!'

Leag Jim an garda cúil agus ansan thosnaigh an triúr ag tógaint na muc amach ina gceann is ina gceann.

Bhíodar go léir in aon slua amháin in aice bhóithrín an fheirmeora agus bhí Jim an-sásta leis féin.

'Tá na muca go deas ciúin mar tá's acu go bhfuil an madra ann,' arsa Jim. Agus bhí an madra ann ina shuí ar an mbóthar ag féachaint ar na muca.

Go dtí gur léim alsáiseach mór groí amach as áit éigin agus chuaigh sé mar philéar as gunna trasna na sráide go dtí Scuab. Ghlan Scuab as radharc ach líon an tsráid le hamhastrach an alsáisigh, rud a chuir na muca le gealaigh mar scaipeadar as an tsráid agus thógadar na bóithríní i ngach áit ar fud na dúiche.

Thosnaigh Jim ag béicíl mar is gnáth. Agus bhí béic ag Jim a bhí fíor-ait. Dúirt an feirmeoir go raibh sé cosúil le scréach ghé gafa faoi gheata, ach scread seisean nuair a chonaic sé a chuid muc ag dul as radharc.

'Tá díolta agam as na muca cheana féin,' ar seisean, 'ach le seic, agus muna mbíonn na muca san i mo chlós-sa tráthnóna inniu, stracfaidh mé an seic.'

'Cad a dhéanfaidh mé in aon chor?' a dúirt Jim leis féin. 'Caithfidh mé bheith sa bhaile ar a sé, agus na muca seo ar fud na tíre. Cad a dhéanfaidh mé in aon chor?'

Shiúil Doras go dtí an feirmeoir agus labhair sé leis. 'Gheobhaidh tú na muca thar n-ais, ach ar dtúis taispeáin dom an clós seo.'

Rud a dhein an feirmeoir. Chonaic Doras cá raibh sé agus an bia a bhí sna buicéid do na muca agus na bóithríní go léir ag dul suas chuige. Agus an rud ba thábhachtaí — teach an fheirmeora, teach mór buí agus cuma an tsaibhris air. Agus báfhuinneoga móra. Bhí sé an-tógtha leis na báfhuinneoga — mar bhíodar feicthe cheana aige sna hirisí.

'An féidir leat téad a chur ar an alsáiseach san sa tsráid thíos?'

Chuadar síos agus labhair an feirmeoir le fear an alsáisigh agus cuireadh téad ar an madra, agus b'in deireadh leis an scéal san.

Tháinig Fuinneog chuige. 'Ní maith liom an áit seo, tá sé fíor-ait — cosúil le Jim féin. Cá bhfuil Scuab?'

Bhí Scuab beagnach i bhfolach istigh sa leoraí, agus é leathscanraithe. Thuig Doras gur baineadh cúpla geit as Scuab le déanaí nuair a bhí sé ar strae. Mheall sé an madra amach ar an mbóthar arís.

Ach bhí rud éigin cearr mar níor chuaigh sé i ndiaidh na muc. In áit dul ina ndiaidh luigh sé ar an mbóthar.

'B'fhéidir gur ocras atá air?' arsa Fuinneog. Chuir Doras Jim síos go dtí siopa beag a bhí trasna an bhóthair. Tháinig sé thar n-ais le mála criospaí don mbeirt agus mála gearrthóg don madra. Ach níor fhéach Scuab orthu. Sheas an triúr, Doras, Fuinneog, Jim, ina thimpeall ag féachaint síos air.

'Galar éigin atá air,' arsa Jim.

Chuaigh Doras i gcomhairle le Fuinneog tamall ón leoraí an fhaid agus a bhí Jim ag caint leis an bhfeirmeoir.

'An dtuigeann tú cad is brí leis an bhfrása Meiriceánach

ticéad béile? Bhuel is é Scuab ár dticéad béile amuigh fén dtuath anois, caithfimid an-aire a thabhairt dó. Níl a fhios agam cad atá cearr leis ach tabhair cúig nóiméad dom le Scuab i m'aonar agus beidh a fhios agam.'

'Conas a gheobhaidh tú amach? An labhróidh tú leis?'

'Ní labhraím leis, braithim é agus braitheann sé mise. Tá sé deacair é a mhíniú ach má bhím in aice leis faighim eolas as áit éigin. Ceapaim go dtagann an t-eolas ón madra. Téir ag caint leis an mbeirt, a Fhuinneog, is tusa fear na cainte.'

D'fhéach Fuinneog air ar feadh tamaill, ansan do tharraing sí amach as a póca píosa de scáthán agus d'fhéach sí air. Shocraigh sí a cuid gruaige uair amháin, ansan uair eile, ansan d'imigh sí sall go dtí an bheirt fhear.

Thug Doras Scuab síos bóithrín agus shuigh sé síos in aice leis. D'fhan sé ann cúig nóiméad agus gach saghas eolais ag gabháil trína aigne, eolas ar bhia McDonalds, eolas ar Pha, Jim, ar an máthair nach bhfaca sé riamh, ar Scuab, ar Scuab, ar shúile Scuaibe, ar phus Scuaibe, ar chois Scuaibe, ar chois Scuaibe, ar chois dheiridh Scuaibe, ar chois dheiridh, ar chois dheiridh…. Ghlaoigh sé ar Fhuinneog agus tháinig sí chuige leis an mbeirt fhear.

'Ceapaim go bhfuil rud ar a chois dheiridh, táim chun scrúdú a dhéanamh air led' chabhair.'

'Cad a dhéanfaidh mé?'

'An fhaid is a bheidh mise ar an gcois bíse ag slíocadh na gcluas aige.'

Agus sin mar a bhí, slíocadh agus cuardach. Scrúdaigh Doras na cosa go léir ach nuair a chuir sé a lámh ar an gcois chlé dheiridh lig Scuab giúin as.

'Tá rud éigin againn, measaim,' arsa Doras. Ní ligfeadh Scuab dó aon scrúdú mór a dhéanamh. Ach bhí a fhios ag an madra ar chuma éigin go raibh Doras ag cabhrú leis agus de réir a chéile fuair Doras radharc ar an gcois.

'Chím é,' ar seisean de bhéic. 'Dealg driseoige atá sáite in a chois. Ach fan, tá sé sáite idir na méireanta, níl sé sáite in aon cheann de na méireanta.'

'Bhí an t-ádh leis, más ea,' arsa an feirmeoir,' mar ní bheadh siúl aige.'

'Seachain, táim chun í a bhaint,' arsa Doras. Bhain sé í agus d'éalaigh glam ó Scuab. Chas an madra ansan is dhein a chois ghortaithe a líreac arís is arís.

Chuaigh Fuinneog ar leathghlúin os cionn an mhadra. 'Tabhair seans anois domsa, a Dhorais.' Thosnaigh sí lena cheann agus na cluasa, agus dhein é a mhuirniú, gach cuid de a chimilt agus an madra ag giúnaíl. Ansan a bhrollach, agus na cosa tosaigh, agus d'fhag sí an chois thinn go dtí an deireadh. Dhein sí an chois ar fad a chimilt agus ansan thosnaigh sí ar suaithearacht a thabhairt don gcois ar fad ó chabhail go hingne.

Tar éis tamaillín sheas an madra agus shiúil sé cúpla coiscéim. Bhí sé i gceart arís. Chrom sí síos os cionn Dhorais is chuir cogar ina chluais. 'Teastaíonn uaim Scuab a thógaint liom ag siúl ar feadh deich neomat nó mar san.'

Agus shiúil sí suas an bóthar agus Scuab léi. Nuair a bhí sí tamall maith ón tsráidbhaile agus é as radharc, is é an chéad rud a dhein sí ná a méar a chur ina béal agus fead a ligint. Léim Scuab nuair a chuala sé é. Lean sí leis go dtí go raibh sé cloiste go minic ag Scuab agus gur thuig an madra na horduithe: fan, tar, imigh, stop, agus mar san de. Ansan chas sí thar n-ais go dtí an leoraí.

Nuair a shroich sí an leoraí bhíodar go léir ag gearán, go mórmhór an feirmeoir. 'Tá na muca róscaipithe, ní féidir breith orthu!' ar seisean. Sea, bhí gach éinne cinnte, muca imithe, deireadh scéil.

'Cad tá uaibh, na muca an ea?' arsa Fuinneog, agus dhírigh sí a lámh ar na páirceanna ina rabhadar. 'Muca, muca, Scuab, muca!' agus as go brách leis an madra síos an bóthar ar nós an diabhail. Go dtí gur lig Fuinneog fead méire aisti, agus ghreamaigh an madra é féin don mbóthar. Ní dúirt éinne focal ach iad ag féachaint ar Scuab agus ar an gcailín. Lig sí fead eile aisti agus as go brách leis an madra go dtí go raibh sé as radharc. Bhí ionadh ar gach éinne, go mórmhór Doras, mar nach raibh a fhios aige go raibh sí ábalta ar fead a ligint. Ach ní dúirt sé aon rud mar bhí an bheirt eile ann ag éisteacht.

'Ní fhaca mé cailín a bhí in ann fead a ligint riamh,' arsa an feirmeoir.

'Ná mise,' arsa Jim.

Shiúil Doras síos chuici. 'An-deas,' ar sé i gcogar, 'ní raibh a fhios agam.' Níor dhein Fuinneog ach gáire beag a ligint.

'Féach amach!' scread an feirmeoir.

'Cad é?' arsa Jim.

'Ní fheicim aon rud,' arsa Doras.

Ansan chonaiceadar é, ceithre cinn de mhuca bándearga ag rith as páirc ghlas agus Scuab dubh is bán ina ndiaidh, ach é tamall maith uathu i dtreo is nach scanródh sé iad. Bhaineadar an bóithrín amach agus ritheadar i dtreo an leoraí. Chuir an feirmeoir fáilte mhór rompu suas an bóithrín go dtína chlós.

Agus an madra ag dul thar n-ais chun a thuilleadh a fháil rug Doras air agus scrúdaigh sé a chois.

'Gach rud i gceart,' ar seisean, agus as go brách le Scuab.

Labhair sé i gcogar le Fuinneog. 'Ní raibh a fhios agam go raibh feadaíl agat, caithfidh tú é sin a mhúineadh dom.'

'Múinfidh,' ar sise, 'nuair a mhúinfidh tusa cúpla rud eile domsa. Ach beidh sé deacair fead méire a mhúineadh duit!'

'Cén fáth?'

'Mar tá fiacail tosaigh ar lár agat.' Chuir Doras a mhéar isteach ina bhéal chun an bhearna a bhraistint.

'Tá, ach fásfaidh sí,' ar seisean.

'Fásfaidh, am éigin.'

Bhí béic ón bhfeirmeoir thíos: 'Féach amach!'

D'fhéach gach éinne agus arís ní fhaca éinne aon rud. Ansan gan choinne léim deich gcinn de mhuca ramhra amach as gort agus isteach sa bhóithrín agus gnúsacht mhór ar siúl acu — agus tamall siar uathu Scuab.

Thángadar de na cosa in airde tríd an sráidbhaile agus suas go dtí clós an fheirmeora. Bhí an scéal ag dul i bhfeabhas.

'Madra caorach iontach!' arsa an feirmeoir.

'Agus buachaill is cailín iontach, caithfidh sibh fanacht i gcomhair an dinnéir.'

'Ba bhreá linn é sin,' arsa Doras.

Tháinig bean an fheirmeora amach agus dhein sí caol díreach ar Fhuinneog. Bhí trí cinn d'aprúin uirthi, agus spéaclaí móra bándearga, ach bhí sí lán de chroí is anam agus gan aon mhoill bhí an bheirt acu ina seanchairde.

'Cén t-ainm atá ort?'

'Penelope Carmody.'

'Ó, Penelope, ainm álainn. Máire atá ormsa. Tá madra á lorg agaibh?'

'Tá, deirfiúr don gceann seo.'

'Agus cá bhfuil sibh chun an oíche a chaitheamh?'

'Ó, mhuis, dul thar n-ais go dtí Cill Chlais ach tá sé an-fhada.'

'Fan anso linne, tá dhá sheomra folmha againn agus beidh an dinnéar agaibh.'

'Ba bhreá linn é.'

'Sin togha! Is annamh a bhíonn cuairteoirí againn mar,' agus d'fhéach sí ina timpeall, 'ceapann siad go mbíonn an iomarca gáire ar siúl ag Billí — m'fhear céile,' agus sméid sí uirthi. 'Agus tig libh dul ag lorg an mhadra amárach.' Bhí gliondar ar Fhuinneog. 'Agus beidh dinnéar deas againn, mar is daoine deasa sibh.' Agus d'imigh sí isteach go dtí an chistin.

Fén am go dtáinig an tráthnóna bhí na muca go léir istigh dar le Jim. Go léir? Ní raibh an feirmeoir cinnte. Bhí na muca go léir ann dar le Doras. 'Daichead a ceathair,' ar seisean.

'Daichead a trí,' arsa an feirmeoir, agus ní ag gáire a bhí sé. An fhadhb a bhí acu ná nach raibh sé fuirist iad a chomhaireamh mar bhíodar ag rith ar fud na háite.

'Téimis amach ar an mbóthar,' arsa Fuinneog, 'agus beidh a fhios againn go luath.' Rud a dheineadar go léir. Stopadar in aice an leoraí. Chuir sí Scuab ina shuí agus chuir sí a méar ina béal agus lig sí fead fhada ard aisti. Bhí an madra imithe mar philéar síos an bóithrín agus ba ghearr go raibh sé as radharc.

D'fhanadar ann gan éinne ag caint ach iad go léir ag féachaint uathu ar na páirceanna i bhfad uathu. Ní fhacadar muc ná madra. Leanadar ag féachaint mar bhí a fhios acu go raibh madra maith acu. Ach sa deireadh, i gceann leathuair an chloig, dúirt Jim go raibh an madra ar strae in áit éigin. Dúirt Doras gur mheas sé go raibh an madra i dtrioblóid éigin.

'Sin deireadh leis an madra san,' arsa an feirmeoir, gan aon gháire.

Sin í an uair a labhair Fuinneog. 'Nach gcloiseann sibh é?'

'Cén rud?'

'Tafann.'

'Ní chloisimid aon rud,' arsa na fir.

'Sea,' ar sise, 'ní maith liom é a rá ach is fearr éisteacht na mban ná éisteacht na bhfear, téanaígí oraibh.' Leanadar síos an bóithrín í. Ghabhadar trí na páirceanna — a haon, a dó, a trí, a ceathair — ansan chualadar an tafann.

'Tafann múchta é sin,' arsa an feirmeoir, 'tá sé i bpoll.'

Agus ceart go leor thángadar ar an bpoll, muc ann, agus madra dubh is bán á gardáil. Thógadar an mhuc amach agus shiúladar abhaile agus má bhí rí orthu an tráthnóna san ba é Scuab é. Ba bheag nár thacht an bheirt le barróga é.


Bhí an-spórt ag Fuinneog don gcuid eile den lá, ag cabhrú le Máire sa chistin. Ach ar dtúis thug Máire suas go dtína seomra codlata í. Ba bheag nár scread Fuinneog nuair a chonaic sí an leaba — ceann ceithre phost! Bhí a leithéid feicthe cheana aici san iris san *Image*. Agus an leaba féin agus na pilliúir déanta de shíoda bán, sról, agus stuif nach bhfaca sí riamh. Níor dhein sí ach scread beag a ligint agus í féin a chaitheamh i lár na leapan, rud a chuir gliondar ar Mháire. Mhínigh Máire di gurbh é seomra a deirféar é, bean a bhí i Sasana agus a thagadh abhaile ó am go chéile. Ansan an chistin, agus thaispeáin Máire di conas cócaireacht a dhéanamh ar an Aga. Agus arán a dhéanamh sa bhácús. B'in an saol. Ach an rud ab fhearr ar fad ná nuair a d'fhiafraigh Máire di an raibh fón póca aici.

'Níl, a Mháire, d'fhág mé sa bhaile é agus níl sé ag mo dheartháir ach chomh beag.'

'Bhuel,' arsa Máire, 'Seo iFón a fuair mé mar bhronntanas, ach ní féidir liom aon lámh a dhéanamh de, b'fhéidir gur féidir leatsa.'

Chaith Fuinneog an chuid eile den lá ag gabháil tríd an bhfón — agus bhí gach íocón ag caint léi agus ag rá léi go raibh saol iontach amuigh ansan ag feitheamh léi. Sa deireadh d'inis sí do Mháire a scéal féin agus go rabhadar ar teitheadh. Ghlac Máire leis an scéal.

Bhí cúrsaí eile ag Doras agus é ag cabhrú leis an bhfeirmeoir. Thiomáin sé na gamhna ó pháirc amháin isteach i bpáirc eile. Ach an tráthnóna ar fad bhí an feirmeoir ag caint le daoine ar an bhfón póca agus aon uair a chuaigh Doras in aice leis mhúchadh sé an fón. Mheas Doras go raibh uisce fé thalamh de shaghas éigin ar siúl. Thaitin an feirmeoir leis ach ag an am céanna ní raibh iontaoibh aige as. Mheas Doras go raibh sé ag glaoch ar na gardaí — agus gach uair a chuala sé mótar léim sé.

Agus bhí an dinnéar acu, agus Máire agus Fuinneog a dhein é a ullmhú. Ar dtúis bhí súp trátaí agus tósta acu, agus ina dhiaidh san bhí cois uaineola agus prátaí beirithe agus pis ghlas. Ansan péitseoga as canna stáin agus uachtar agus, ar deireadh ar fad, caife.

Bhí saghas náire ar Dhoras go raibh an oiread san uaineola ite aige. Ach bhí sé ag cuimhneamh ar an mbóthar fada a bhí rompu an lá dár gcionn. Mar don gcuid eile den oíche bhí an teilifís acu, *Downton Abbey* — rud a chuir an bheirt ina gcodladh.

An oíche san nuair a bhí Fuinneog ina leaba agus í beagnach ina codladh tháinig Máire isteach agus shuigh sí ar thaobh na leapan. 'An raibh tú riamh uaigneach, a Phenelope?' ar sise.

'Bhí go minic ach d'imigh sé i gcónaí,' arsa Fuinneog.

'Sin í an fhadhb liomsa, ní imíonn sé,' arsa Máire. 'Bean eile atá uaim, ach níl éinne ann. Sea, tá do chodladh ag titim ort ach cuimhnigh má bhíonn tú san áit seo arís buail isteach chughamsa, beidh fáilte mhór romhat.'

'Tá go maith, a Mháire, déanfaidh mé é sin,' arsa Fuinneog agus thit codladh trom uirthi.

Ach ní raibh aon chodladh trom ar Dhoras. Thaispeáin an feirmeoir a sheomra dó. Palás a bhí ann i gcomparáid leis an suanlios a bhíodh aige sa dílleachtlann.

'An ndíolfá an madra san liom?' arsa an feirmeoir agus é ina sheasamh i mbéal an dorais.

'Ó, ní raibh sé i gceist agam é a dhíol,' arsa Doras go deas múinte.

'Níl aon mhadra againn anso, bhí ceann againn ach d'imigh sé. Tá gá agam le madra mar seo.'

'Bhuel,' arsa Doras, 'ní raibh sé i gceist agam é a dhíol.'
'Thabharfainn praghas maith duit.'

Bhí tost fada ann, gan le cloisint ach na muca ag gnúsachtach sa chlós lasmuigh.

'Cé mhéid?' arsa Doras.

Thosnaigh an feirmeoir ag comhaireamh, mar dhea. 'Céad! Sea, céad euro.'

Bhí tost fada ann arís, mar nár labhair Doras.

'Tá go maith,' arsa an feirmeoir, 'céad is a caoga.' Ach fós níor labhair Doras.

Bhí an feirmeoir ag stánadh ar Dhoras agus míshástacht air. 'Tá go maith,' ar seisean. 'An bhfuil páipéir agat don madra?'

'Tá,' arsa Doras agus náire air mar gur bhréag mhór é.

'Má tá páipéir agat,' arsa an feirmeoir, 'tabharfaidh mé dhá chéad duit.'

Tost fada arís mar nár labhair Doras.

Shiúil an feirmeoir suas go dtí Doras agus ba léir go raibh fearg air. 'M'fhocal deireanach, trí chéad, sin praghas iontach.'

Ach fós níor labhair Doras. Sa deireadh dúirt sé: 'Labhróimid mar gheall air ar maidin.'

Tar éis tamaill dúirt an feirmeoir: 'Tá go maith.' Ach ba léir go raibh sé ar buile. Agus thaispeáin sé é sin dó, mar ní ligfeadh sé do Dhoras Scuab a thabhairt isteach sa tseomra codlata.

Thosnaigh Doras ag argóint leis ach sheol Billí é féin

agus Scuab síos go dtí an scioból. Chuir sé Scuab isteach agus dhún an doras air. Bhraith Doras go raibh sé chun Billí a bhualadh ach stop rud éigin é.

Chuaigh sé a luí an oíche san ach cé go raibh tuirse mhór air níor thit aon chodladh air go dtí go raibh sé an-déanach. Agus níor bhain sé a chuid éadaigh de, mar bhí rud éigin ag caint leis.

Ach droch-chodladh ba ea é mar bhí brionglóidí gránna aige. Ina chodladh dhó bhí brionglóid aige ina raibh sé tite isteach i bpoll — cosúil leis an muc — agus an t-am go léir bhí Billí ag titim le gáire. Dhúisigh sé cúpla uair agus chuir an dorchadas scanradh air. Ach thiteadh a chodladh arís air. Cúpla uair dhúisigh sé agus bhí sé cinnte go raibh rud éigin fén leaba. Ach ní raibh.

Amach san oíche dhúisigh rud éigin é. D'éist sé, agus mheas sé gur chuala sé guthanna. D'fhéach sé ar a uaireadóir — a ceathair a chlog. Ansan chuala sé tafann íseal. Bhí sé lánchinnte gur Scuab a bhí ann. D'éirigh sé agus choinnigh sé na bróga ina láimh, agus amach as an seomra leis. Chuala sé sranntarnach in áit éigin. Máire a bhí ann, mheas sé. Lean sé leis síos an staighre agus a chroí ina bhéal aige. Amach leis sa chlós go dtí an scioból. Bhí sé an-dorcha agus ní raibh solas ó aon áit ann. Ach nuair a chuaigh sé go dtí doras an sciobóil bhí a fhios aige go raibh daoine ann agus ag an am céanna chuala sé tafann íseal ó Scuab.

'Cé atá ansan?' arsa Doras, agus láithreach léim beirt as na scáthanna agus ritheadar as an gclós síos go dtí an bóthar.

Bhí a fhios ag Doras láithreach go rabhadar chun Scuab a ghoid. Isteach leis sa scioból agus chuala sé eireaball an mhadra ag crothadh sa tuí. Rug sé ar Scuab ina ghabháil agus phóg sé é.

'Á, a Scuab, bhíodar chun tú a thógaint, na gadaithe!'

Shuigh sé síos leis an madra ar an tuí agus d'éist sé. In áit éigin bhí an ghrian ag éirí mar thall is abhus chuala sé éanlaith ag cantain. Agus níos faide ó bhaile, madraí ar na cnoic. Ní raibh Doras ach ag foghlaim na tuaithe, go mórmhór an glaoch speisialta a bhí ag gach ainmhí, na caoirigh ag méileach, na ba ag géimneach. Ní raibh sé ar fad cinnte faoi na capaill, ach chuala sé ceann amháin ag seitreach. Chuir na muca ag gáire é lena ngnúsachtach. Agus éanlaith na feirme ní raibh sé ar fad dall orthu: gogalach na dturcaithe, grágaíl na gcearc. Bhí géanna ann agus lachain ach ní raibh sé cinnte ina dtaobh. Tháinig codladh air de réir a chéile agus ba ghearr go raibh madra is buachaill go doimhin i suan.


Tuairim is a seacht a chlog réab Fuinneog isteach sa scioból agus nuair a chonaic sí an bheirt sa tuí bhí fearg uirthi. D'inis Doras di faoi na gadaithe.

'Cén fáth nár dhúisigh tú mé?'

'Tharla sé go léir róthapaidh dom — agus pé scéal

é bhí orm fanacht anso chun Scuab a ghardáil.'

Ach bhí áthas mór ar Scuab í a fheiscint, agus a eireaball ag bualadh na tuí. Tar éis tamaill ghlac sí leis an scéal agus shuigh sí síos ina n-aice agus chuir sí lámh amháin timpeall ar Scuab.

'Bhí codladh breá agam, tá mo sheomra go hálainn,' ar sise, ' agus ba mhaith le Máire go bhfanfainn léi mar chabhair agus mar chomhluadar.'

Dhein Doras machnamh fada air sin. 'Tá go maith, imeoidh mise ó dheas leis an madra má fhanann tusa anso.' Bhí tost fada ina dhiaidh san. 'Ní bheadh sé ródheas i m'aonar,' ar seisean.

Tost eile, agus Scuab ag féachaint ó Fhuinneog go Doras.

'Bhuel, má tá tusa ag dul ó dheas leis an madra raghaidh mé libh,' arsa Fuinneog. 'Ná ceap go bhfágfainn i d'aonar tú,' agus sméid sí air.

Ach ní raibh Fuinneog sásta leis an áit ar chúis eile. Ba dheas léi Máire, ach b'fhuath léi Billí agus an tslí ina bhféachadh sé uirthi. 'Sea,' ar sise, 'raghaidh mé leat féin agus an madra.'

Díreach ag an bpointe san, seo isteach Máire, agus fuadar fúithi. D'fhéach sí ar an dtriúr. Ansan sall léi go dtí an doras agus d'fhéach sí amach. Tháinig sí thar n-ais.

'Seo libh go tapaidh isteach go dtí an bricfeasta, agus tabhair an madra libh, nó ní fheicfidh sibh go deo arís é,' agus d'fhéach sí amach ar an gclós. Ansan thóg sí amach sa chlós iad agus shín sí a lámh ó dheas go dtí cnoc a bhí i bhfad uathu agus an teach le díon tuí a bhí ar a bharr. 'Teach Cháit Diolúin, mo chara atá ansan. Tá feirm caorach acu agus ba bhreá leo cabhair a bheith acu. Ní dóigh liom go bhfuil aon mhadra aici. Beidh fáilte romhaibh.'

Ansan bhrostaigh sí isteach sa chistin iad. Bhí Billí an feirmeoir istigh rompu agus cuma chrosta air. 'Ní maith liom madraí sa teach,' ar seisean go míshásta.

'Sea, a Bhillí, is leat na páirceanna, is leat an teach, ach is leis na mná an chistin pé áit ina bhfuil siad. Agus sin an margadh a dheineamar fadó.'

Dhún san a bhéal dó. Tar éis tamaill chaith sé uaidh spúnóg, d'éirigh, is shiúil amach as an gcistin.

Thug Máire cúpla nóiméad dó agus ansan chuaigh sí go dtí an fhuinneog is d'fhéach amach. Ansan dúirt sí i gcogar: 'Is maith le Billí an madra san. Ach ní dheachaigh sé go dtí na gardaí fós mar gheall air.' Thaispeáin Máire léarscáil dóibh. 'Tóg an cúlbhóthar go dtí Cáit Diolúin, agus má chloiseann sibh mótar léim isteach thar claí.'

Chuir Doras an léarscáil ina phóca agus ansan dhein an bheirt acu bearnaí sna hispíní is uibheacha is tósta a bhí déanta ag Máire dóibh. Nuair a bhí deireadh ite acu thug sí mála plaisteach an duine dóibh a bhí lán de shóláistí is ceapairí — i gcomhair an turais.

D'fhágadar slán ag a chéile. Bhí Fuinneog buartha faoi Mháire, agus rug sí ar láimh uirthi.

'A Mháire, a chroí,' ar sise, 'tá súil againn nach mbeidh tú i dtrioblóid mar gheall orainne. Is duine an-deas thú, agus bhí an t-ádh linn bualadh leat,' agus phóg an bheirt bhan a chéile. Rith na deora le Máire.

Ní raibh fáil ar Scuab, ach níor dhein Fuinneog ach a méar a chur ina béal agus fead chaol a ligint. Tar éis cúpla soicind seo Scuab timpeall an choirnéil agus compánach aige, Labradar mór buí. Ach scaradar ó chéile mar bhí a fhios ag Scuab go raibh an t-am chun imeacht tagtha.

Ghlanadar leo síos an cúlbhóthar agus féachaint amháin níor thugadar ar bheairic na ngardaí go dtí go rabhadar imithe tamall maith síos. Nuair a d'fhéachadar thar n-ais cad a chífidís ach Billí ag caint le garda. Bhain san preab astu agus ghéaraíodar ar an siúl.

'Ní hamháin go bhfuilimid ar rith ón dílleachtlann ach tá madra againn agus gan na páipéir againn.'

'Déarfaidh siad gur ghoideamar é,' arsa Fuinneog.

'Ar ghoideamar é?' arsa Doras.

Ní raibh le cloisint ach na bróga reatha ag bualadh an bhóthair. D'fhéachadar thar n-ais ar an mbeairic — ní raibh éinne le feiscint, Billí imithe, garda imithe.

'Níor ghoideamar é, scaoileamar saor é.'

'Bhí mé ag machnamh, a Fhuinneog, agus is dóigh liom go raibh Scuab ar strae le déanaí, agus go bhfaca lucht leighis é, tá's agat, dochtúirí, fiaclóirí agus an sórt san, agus rugadar air.'

D'fhéachadar thar n-ais ar an mbeairic. Bhí sé marbh.

'Má tá cead ag an lucht leighis breith ar Scuab tá cead againn an rud céanna a dhéanamh.'

'Sea,' arsa Doras, 'táim ar aon fhocal leat ansan.'

Tháinig feirmeoir ar tharracóir dearg an treo agus bheannaíodar dá chéile le lámha san aer agus le fíorgháire.

'Is breá liom bheith fén dtuath,' arsa Doras.

'Mise leis,' arsa Fuinneog, agus d'inis sí dhó mar gheall ar Mháire agus an t-uaigneas a bhí uirthi agus an tairiscint a dhein sí d'Fhuinneog.

'An bhfuil tú ag cuimhneamh ar dhul thar n-ais go Máire?'

'Níl ann ach cuimhneamh.'

'Má imíonn tú, cabhróidh mise leat.'

'An bhfuil tú ag iarraidh fáil réidh liom?'

'Níl. Ach má imíonn tusa, ní bheidh éinne agam. Beidh mé cosúil le Máire — uaigneach.'

'Is maith liom é sin a chloisteáil, fanfaimid le chéile. Ach ní bheadh uaigneas ort — bheadh Scuab agat.'

'Tá's agam, níor dhearúd mé é sin, comhluadar iontach é.'

Leanadar ag siúl agus gach re nóiméad choinníodar súil amach do chnoc Cháit Diolúin.


Thángadar go dtí sráidbhaile an-bheag. Stopadar agus d'fhéachadar uathu. Ní raibh aon bheairic ghardaí ann. Maith go leor, seo leo síos an tsráid amhail is gur leo an saol. Thángadar go dtí scoil agus na páistí go léir ag béicíl agus iad ag dul abhaile le haghaidh lóin.

'Féach orthu, agus gach leanbh acu agus triúr nó ceathrar cairde aige,' arsa Fuinneog.

'Tá beirt chairde agat, mise agus Scuab. Ach féach aníos chughainn, sagart! Súile ar an dtalamh.'

Ach, stop sé iad.

'Ó, cá bhfuair sibh an madra álainn?'

'Tá sé againn le fada.' Bhí eagla cheart ar Dhoras mar aithníonn na sagairt gach éinne. Aon nóiméad anois bheadh an cat as an mála.

'An bhfuil anois, agus cad as daoibh?'

'Tá deabhadh orainn go dtí oifig an phoist, a Athair,' arsa Doras. 'Beimid ag caint leat ar ball,' agus rith an triúr díobh síos an tsráid.

'Ó,' arsa an sagart, 'Oifig an phoist, níl....'

Níor chualadar cad a dúirt an sagart mar ritheadar. Ach nuair a chuadar go dtí an taobh eile den tsráidbhaile fuaireadar amach nach raibh aon oifig phoist ann. Ach bhí siopa beag ann agus gach rud ar díol ann, go mórmhór cártaí poist. Bhí cárta amháin ar an bhfuinneog, agus pictiúir den tsráidbhaile, Fearann, air.

'Ba bhreá liom cárta poist a chur go dtí duine éigin,' arsa Fuinneog,' ach níl aithne agam ar éinne.'

D'fhan an sráidbhaile ina thost, gan fiú tafann madra. Ní raibh éinne le feiscint ach chomh beag. D'fhéach Doras ar Fhuinneog agus chonaic sé go raibh uaigneas uirthi.

'Braitheann tú uait na cairde?' arsa Doras.

'Ní raibh mórán cairde agam, seans nach raibh éinne agam.'

'Tá aithne agat ar dhuine éigin,' arsa Doras.

'Cé hí, cé hé?'
'Penelope!'
'M'ainm fhéin? Mo sheanainm?'
'Sea agus do sheoladh féin. Do sheanseoladh! Agus nuair a shroicheann sé an teach beidh gach éinne ag rá: 'Fuair Penelope cárta!'

Thosnaigh Fuinneog ag machnamh agus ba léir go raibh sí an-tógtha leis an smaoineamh. Isteach léi sa tsiopa agus cheannaigh sí cárta Fhearainn. Thug bean an tí peann di agus scríobh sí an cárta, cheannaigh sí stampa agus chuir sa bhosca a bhí lasmuigh den siopa é.

'Braithim i bhfad níos fearr anois, go raibh maith agat as an smaoineamh, a Dhorais. Agus ba bhreá liom cárta a fháil ó dhuine éigin ach níl aon seoladh agam.'

'Níl seoladh agat inniu ach beidh seoladh agat go luath.'
'Cá bhfios duit?'
'Rud éigin, nó duine éigin, ag caint liom.'
'Cé tá ag caint leat?' arsa Fuinneog, ach díreach ag an bpointe san, scread sí amach: 'Buail bóthar,' agus ba bheag nár léim sí. 'Tá an sagart san ag teacht,' agus ghlanadar leo an tsráid síos.

Gan aon mhoill bhíodar fén dtuath arís, agus ceol na n-éan agus méileach na gcaorach sa chúlra. Stopadar agus d'fhéachadar uathu chun go bhfeicfidís teach Cháit Diolúin. Sa deireadh chonaiceadar é ach bhí sé i bhfad uathu.

'Nílimid in aice leis in aon chor,' arsa Fuinneog, 'caithfimid brostú.' Agus tar éis cúig mhíle eile cheapadar go rabhadar níos gaire dó. Shuíodar síos agus d'itheadar ceapaire.

'D'éalaigh tú ón dílleachtlann cheana, nár dhein?' arsa Fuinneog. 'Inis dúinn mar gheall air.'

Shocraigh Doras é féin ar an gclaí chun an scéal a insint i gceart.

'Ní raibh aon phlean againn ach rith as an áit. Agus dheineamar é sin. Ní raibh aon airgead againn ach cúpla euro. Ní raibh aon léarscáil againn. Ní raibh eolas na cathrach againn. Chuamar isteach i siopa sceallóg agus cheannaíomar mála amháin sceallóg. Bhíodar ite i gceann cúpla nóiméad.

'Ansan an rud ba mheasa — tharla sé dúinn — an fear seo, thugamar faoi deara go raibh sé ag faire orainn. Agus thug sé cuireadh dúinn dul leis go dtína theach chun béile a bheith againn.

'Ní fhacamar aon bhéile ach rith sé liom láithreach go raibh pervert againn. Ghlanamar linn as an áit ar nós an diabhail ach níor éalaigh Séimí ina aonar, mar rug sé leis bullóg mhór aráin.

'Bhaineamar trá amach agus is ann a chaitheamar an oíche agus bhí an t-arán againn. Bhí sé blasta — ach bhí sé fuar an oíche san. Bhí an bheirt againn chomh fuar san gur bhaineamar beairic ghardaí amach agus thugadar leaba dúinn i gceann des na cillíní.

'An lá dár gcionn — dílleachtlann! Bhí deireadh leis an mustar. Agus bhí áthas orainn go rabhamar thar n-ais le bia agus le cairde. Bhí buaite orainn.'

'Bhí buaite oraibh!' arsa Fuinneog, 'Bhfuilimidne sa scéal céanna, bhfuil buaite orainn?'

Dhein Doras machnamh go ceann tamaill.

'OK, glacaim leis,' arsa Fuinneog, 'níl buaite fós orainn, ach inis dom cé a bhíonn ag caint leat?'

Ní dúirt sé aon rud ach scrúdaigh sé an bóthar, agus gan ann ach Scuab ag cuardach dó féin. 'Uaireanta ceapaim go bhfuil aithne agam ar an nduine. Uaireanta ceapaim go bhfuil baint aige le Scuab. Ceapaim uaireanta gurb í mo mháthair atá ag caint liom.'

'Bhfuil sí marbh?'

'Tá agus seana-mharbh.'

'An raibh aithne agat uirthi?'

Ní raibh sé sásta leis an gceist agus ní raibh aon deabhadh leis an bhfreagra. 'Bhí, ceapaim....'

'Ní cuimhin leat,' ar sise.

Chuir na focail san mífhoighne air. Nuair a labhair sé bhí cuma chrosta air.

'Is cuimhin liom gruaig fhionn. Is cuimhin liom aghaidh an-deas. Is cuimhin liom cóta glas. Sin a bhfuil de mháthair agam.'

'Cosúil liom fhéin,' arsa Fuinneog. 'Ach chonaic mé mo mháthair ag siúl. Bhí sí ag siúl uaim. Níor tháinig sí thar n-ais.'

Bhain na focail san snapadh as an aer agus lean ciúnas.

'Ba mhaith liom labhairt leat i dtaobh mo mháthar arís.'

'Cén fáth liomsa?

'Mar tá tú tuisceanach,' arsa Doras, 'agus ní thuigim na cúrsaí san.'

Léim sé amach ar an mbóthar agus shiúil sé thar n-ais i dtreo Fhearainn. Chas sé coirnéal agus chuaigh as radharc. Léim Fuinneog suas agus d'fhan sí ag féachaint ina dhiaidh, agus a béal ar oscailt.

'A Dhorais!' ar sise go híseal.

Bhí tuairim aici go raibh sé leis féin mar go raibh sé ag cuimhneamh ar a mháthair. Agus ceart go leor, seo ar ball é timpeall an choirnéil ach an chuma air go raibh sé ag gol.

Siolla ní dúradar ach an bóthar a thógaint go dtí Cáit Diolúin. Tháinig inneall mór feirme an treo ach níor ritheadar agus níor bheannaíodar ach shiúil leo go fuar ar aghaidh.

'Ní fhaca mé mo mháthair! Ní fhaca mé gruaig fhionn fiú amháin, ní fhaca mé aon aghaidh. Nuair a labhraím faoi mo mháthair is bréag gach focal as mo bhéal. Is uafásach an nós é. Ach sin í an fhadhb, is breá liom na bréaga a cheapaim uirthi.'

Bhí Fuinneog chun cur leis an gcomhrá ach stad rud éigin í. Leanadar ar aghaidh, trup trup, amhail is nach raibh éinne beo ar domhan ach iad.

'Is nós liom paidir bheag a chur lem' mháthair gach oíche. Cleas é sin a d'fhoghlaim mé ós na mná rialta.'

Chuadar ar aghaidh míle eile sarar labhair Fuinneog. 'Is deas an cleas é, mar ní bheidh tú riamh i d'aonar más féidir leat labhairt mar san léi.'

'Táimid le chéile sa mhéid san,' arsa Doras, agus ba léir gur bhraith sé anois níos fearr.

Go hobann stad an triúr acu agus d'fhéachadar uathu go géar ar cad a bhí chucu.

'Comhbhuainteoir!' scread Fuinneog. 'Fág an áit go tapaidh.'

Bhí Doras greamaithe den mbóthar. Inneall mór bainte féir agus tuairim is seisear ina seasamh air. Agus b'fhéidir gardaí! Trioblóid, cinnte.

Tharla go raibh cruach mhór féir laistigh de chlaí an bhóthair agus cad a dheineadar ach léimt isteach go cúl na cruaiche—bheidís sábháilte ansan. D'éisteadar leis an bhfothram ag teacht chucu agus é ag dul i méid agus ansan ag dul i laghad. Ansan bhí sé imithe. Scaoil an bheirt le chéile osna fada buíochais.

'Cad mar gheall ar sos a thógaint anso?' arsa Fuinneog.

Bhí Doras lánsásta, agus rud eile, bhí spéis aige sa chruach. 'Cad é an stuif seo?'

'Féar,' ar sise.

'Féar! Is minic a chuala mé caint air — níor thuigeas riamh é.'

Bhí sé an-tógtha leis agus thosaigh sé ag baint féir as chun poll a dhéanamh sa chruach. Nuair a bhí an poll bainte seo isteach é mar ghráinneog agus dhein sé é féin a chuachadh istigh ann. Lean Scuab isteach é, agus ansan Fuinneog, shleamhnaigh sí isteach chomh maith.

'Is breá liom an boladh as,' arsa Doras agus shuncáil sé a shrón isteach ann.

D'itheadar ceapaire eile, mar mheasadar go raibh sé tuillte acu, sicín agus anlann the Indiach air.

'Nuair a bheidh an sos tógtha,' ar seisean, 'raghaimid i dtreo Cháit Diolúin. Ach roimhe san inis dom scéal do mháthar.'

Bhain san tost as an gcruach, agus bhain sé tamall d'Fhuinneog sarar labhair sí.

'Ní mór atá le rá, mhuis,' ar sise, 'mar ní fhaca mé riamh í ná ní bhfuair mé aon tuairisc uirthi. Ach ar dtúis, ba mhaith liom rud a rá. Mar a dúirt mé roimhe seo, ní *Little Women* a thiomáin amach anso mé ach na cailíní eile — bhíodar gránna liom. Sea, de ló is d'oíche gan aon stad. Ar mo leabhar.'

'Creidim gach focal uait,' arsa Doras, agus chuir sé sop féir isteach ina bhéal mar a dheineann lucht tuaithe — dar leis. 'Sea, lean ort.'

'Ní lú liom an sioc ná iad,' arsa Fuinneog. 'Agus tuigim canathaobh go rabhadar mar san liom.'

Thit tost ar pholl na cruaiche.

'Canathaobh?'

Lean tost fada an cheist ach sa deireadh labhair sí os íseal ar fad. 'Mar táim dathúil.' Lean tost eile é seo agus chuir sí na súile trí Dhoras. 'Agus ná ceap go bhfuilim ag maíomh.'

'Níl a fhios agam an maíomh é, ach níl aon dabht ná go bhfuil tú dathúil. An-dathúil.'

Bhí iontas ar Fhuinneog. 'Bhfuil? Bhfuil tú dáiríre, a Dhorais?' Ní dúirt sé focal ach lean ag cogaint an tsoip. 'An bhfuil tú dáiríre? Mé dathúil?'

Bhain sé tamall de ach sa deireadh dúirt: 'Gan aon dabht tá tú dathúil. Beidh tú lá éigin ar an dteilifís.'

Léim Fuinneog amach as an bpoll is ba bheag nár dhein sí rince. 'Dáiríre? A Dhorais! Mise? Teilifís!'

D'fhan Doras istigh sa pholl ach shleamhnaigh Scuab amach. D'fhéach sé suas ar Fhuinneog, is d'ardaigh cos amháin. Í féin agus an madra dheineadar rince beag.

'Tá an ceart ar fad agat, a Dhorais, táimse dathúil agus is cuma liom má chloiseann an saol é.'

Chrom sí síos agus labhair sí isteach ar Dhoras. 'Táim chun fanacht leat féin agus an madra. OK, nílim ach gar don gceathair déag ach caithfidh gach cailín a fháil amach an bhfuil sí dathúil. Sea, a Cháit Diolúin, seo chughat sinn.'

Tar éis tamaill labhair Doras. 'Ach níor inis tú dúinn fós scéal do mháthar.'

Isteach léi arís sa pholl agus dhein sí slí do Scuab. Shín Doras plaic aráin agus smuta liamháis air chuig Scuab agus ba bheag nár bhain sé méar de.

'Tá ocras ar an gcréatúr, caithfimid brostú go tigh Cháit,' ar seisean.

'Bhí mé chun ceist a chur ort nuair a bhíomar san áit san, Fearann, dúirt tú gur bhraith tú go raibh duine éigin nó rud éigin ag caint leat. Bhuel ceapaimse an rud céanna, duine éigin ag caint liom, ach ní le focail é ach le rud a bhraitheann tú. Ceapaim gurb í mo mháthair í.'

Chroith Doras a cheann uirthi mar thuig sé an rud a bhí á rá aici.

'D'fhoghlaim mé rud amháin ó na cailíní sa dílleacht-lann, muna dtagann do mháthair chun tú a fheiscint seans go raibh do mháthair marbh nó ró-óg.' Lig sí osna fada aisti féin. 'Is é sin, ní raibh sí ach ceathair déag nó cúig déag nuair a saolaíodh mise. An bhfuil a fhios agat, a Dhorais, tá seans ann go bhfuil mo mháthair amuigh ansan agus gan í ach fiche a hocht, cuimhnigh air sin.'

'Sea, an smaoineamh céanna agamsa, ach cén fáth nach dtagann sí chun heileó a rá lena mac. Is cuma liom má tá mo mham bocht. Gheobhaidh mé jab agus cabhróidh mé léi. Is cuma liom má tá sí i bpríosún. Raghaidh mé ar cuairt chuici.'

'Má tá sí ina beatha seans go bhfuil sí pósta,' arsa Fuinneog, 'agus clann eile aici agus is rún mór aici go bhfuil tusa ann.'

'Mé i mo rún! Tá an scéal ag dul in olcas.'

'Níl, ní féidir léi teacht anois, tá sí ró-óg. Tabhair cúpla bliain di, ansan beidh sí dod' lorg. Tá's aici go bhfuil tú ann.'

Dhein Doras machnamh fada ar an méid san. 'Tuigim, ceapann tú go dtiocfaidh sí dom' lorg i gceann cúpla bliain?'

'Cinnte, tá sé ag tarlúint go minic rialta.'

'Beidh sí chugham ar ball beag?' arsa Doras agus chonaic Fuinneog iarracht den dóchas ag briseadh ina shúile.

'Beidh, cinnte, ar mo leabhar, a Dhorais.' D'fhéach sí ar a aghaidh agus thuig sí go raibh feabhas mór tagtha air.

'OK, an bhfuilimid réidh do Cháit Diolúin?' ar seisean agus beocht nua ann.

Léim Doras agus an madra suas agus léimeadar amach ar an mbóthar. Lean Fuinneog agus ba léir gur bhraith an bheirt acu níos fearr anois tar éis an chomhrá a bhí acu.

Bhí teach Cháit ar bharr cnoic ach cé gur shiúladar go tapaidh ní raibh an teach ag teacht níos gaire dóibh. 'Bíonn cnoic mar san,' arsa Doras, 'i gcónaí ag rith uait. Bainfimid amach é gan mhoill, chífidh tú.'

Agus bhí an ceart aige, mar amach sa tráthnóna thángadar go dtí bóithrín agus geata air. Stadadar. D'fhéachadar. Labhraíodar.

'Tá an geata briste.'

'Tá an bóithrín lán de phoill.'

'Tá na goirt lán d'fhiailí.'

'Is bocht an áit í.'

Bhain sé tamall díobh an geata a oscailt, ach d'éirigh leo ar deireadh. Shiúladar suas an bóithrín, ag seachaint na bpoll a bhí lán d'uisce. Níor labhraíodar ach cúpla focal thall is abhus. Bhí capall i ngort amháin.

'An bhfeiceann tú an capall agus a phus le talamh an t-am go léir?'

'Déarfainn go bhfuil sé breoite, nó go bhfuil ocras air nó gorta, nó go bhfuil sé ag fáil bháis,' arsa Doras.

'Más capall i ngort é,' arsa Fuinneog, 'cá bhfuil an féar?'

Bhain san stad astu. Scrúdaíodar an gort agus ní fhacadar oiread agus brobh féir.

Labhair Fuinneog. 'Hé a Dhorais, muna bhfuil féar ag an gcapall conas a bheidh cúrsaí againne?'

Níor fhreagair Doras, ach leanadar ag léimt ar an mbóithrín go dtí go dtángadar go dtí clós na feirme agus istigh i lár baill bhí an teach cónaithe. Bhí an doras leathdhúnta ach thíos ag bun an dorais bhí dhá pholl mhóra, do na cait nó do na francaigh. Ní raibh aon mhadra in aon áit, ach bhí gabhar mór i mbéal an dorais. Ceann tuí a bhí mar dhíon air ach bhí sé go léir leathscuabtha chun siúil ag na cearca a bhí ar fud na háite. Bhí muca ann agus gach gnúsacht astu — rud nár chabhraigh leis an bhfothram a bhí sa chlós. Bhí Fuinneog chun rud éigin a rá nuair a chualadar duine ag screadach.

Rith an bhean seo isteach sa chlós agus gach béic aisti. Stad sí nuair a chonaic sí an bheirt. Stad an bheirt nuair a chonaiceadar Cáit.

'Sibhse an bheirt a chuir Máire chugham, nach ea?'

'Sea,' arsa Fuinneog.

Scrúdaíodar a chéile. Bhí Cáit gléasta ar shlí nach bhfaca Fuinneog riamh. Bhí seaicéad míleata de chuid na Stát Aontaithe — ceann glas — á chaitheamh ag Cáit, agus ar a cosa bhí buataisí glasa móra a bhí rómhór di. Jeans deinime in ionad gúna ach, arís, iad rómhór di.

'Cabhraigh liom thíos ag bun an chnoic, tá mo bhó bhocht á bá sa phortach. Gaineamh súraic atá ann agus an créatúr á súrac síos. Seo libh,' agus as go brách síos an cnoc léi, agus an bheirt ag iarraidh coinneáil suas léi.

Bhí an ceart ag Cáit mar nuair a shroicheadar an áit bhí an bhó bhocht beagnach as radharc, í suncáilte go dtí na cluasa.

'Cad a dhéanfaidh mé in aon chor?' a bhéic Cáit.

Thuig Doras láithreach cad a bhí ag teastáil. 'Bhfuil téad agat, go tapaidh, a Cháit?'

'Thuas sa teach díreach laistigh den doras ar an urlár,' ar sise.

Ní túisce é ráite aici ná é imithe ar nós na gaoithe suas go dtí an teach. Ach má dhein, stad sé go tapaidh nuair a chuala sé an bhéicíl ó Cháit thíos. D'fhéach sé síos orthu. Is amhlaidh a thit Cáit isteach sa ghaineamh súraic. Agus anois í á suncáil ar nós na bó. Ach an bhéicíl a bhí uaithi, chloisfí sa tsaol eile é.

Bhí Doras ar tí preabadh suas go dtí an teach nuair a chonaic sé tubaiste eile. Is amhlaidh a phreab Fuinneog chun breith ar Cháit ach cad a tharla ach gur thit sí féin isteach, agus anois triúr á mbá! Agus triúr ag béicíl!

'Fuil is gráin air mar scéal,' arsa Doras, agus léim sé suas go dtí an teach. Réab sé isteach an doras, rug ar an dtéad agus ghlan sé leis síos an cnoc go dtí áit na tubaiste.

Bean mhór ba ea Cáit agus anois í suncáilte go dtí an smig agus í ag titim léi.

Cheangail Doras an téad de chrann cuilinn a bhí in aice leo agus ansan chaith sé an téad go dtí an bheirt. 'Beir ar an dtéad is tarraing ar nós an diabhail! Tarraing!'

Tharraingíodar, tharraing Doras, ach bhí sé deacair éalú ón ngaineamh. Agus gaineamh fíorshalach a bhí ann. Agus boladh uaidh a leagfadh capall. Gan aon mhoill bhí an téad curtha timpeall mhuineál na bó aige agus chrom sé ag tarraingt.

'Tarraingígí libh nó is bás a gheobhaidh sibh,' scread sé orthu.

Chuir san ag tarraingt iad, agus diaidh ar ndiaidh mheas sé go raibh seans acu.

'Tabhair dom do lámh, a Dhorais,' scread Fuinneog air.

Rug sé ar láimh uirthi agus toisc í a bheith óg seang, d'éirigh leis í a thabhairt amach ach í ina lipín báite ar fad. Bhí sí chomh séidte san nár fhéad sí seasamh.

'Cad mar gheall ormsa, a bhuachaill?' scread Cáit air.

Bhí Doras ag éirí crosta, 'A Cháit, tarraing, in ainm Dé,' mar mheas sé go raibh Cáit ag baint taitnimh as an rud ar fad. Ar cheap sí go raibh folcadh á thógaint aici?

D'éirigh leis í a tharrac go dtí an bruach agus leath di istigh.

'An bhó, a Cháit, an bhó, beagnach imithe as radharc.'

Chuir san beocht nua inti agus tharraing sí í féin amach.

'OK, an triúr againn le chéile, an seans deiridh atá ag an mbó! Agus le chéile thosnaigh an triúr ag tarraingt ar a ndícheall. Ar dtúis mheas Doras go raibh an bhó múchta ach chualadar a hanáil agus bhí sí láidir.

'Tarraingígí libh, tá sí ag teacht,' arsa Doras, agus bhí

an ceart aige mar tar éis cúpla nóiméad bhí an bhó ina luí slán sábháilte.

D'éirigh Fuinneog ina seasamh agus d'fhéach sí ina timpeall ar Dhoras, ar Cháit, ar an mbó agus ar ndóigh uirthi féin. Ar tharla sé seo? Nó an brionglóid é? D'fhéach sí síos ar a cuid éadaigh agus díomá uirthi. Ansan shiúil sí go dtí an bruach agus d'fhéach isteach. Thóg sí anáil agus ansan coiscéim ar gcúl.

'A Dhorais, táim i dtrioblóid, mar tá cuid den stuif gránna seo slogtha agam. Tá sé salach agus tá eagla orm gur nimh de shórt éigin é.'

'Ó, mhuise, a chroí, nimh, tá an ceart ar fad agat, nimh is ainm dó. Ach tabharfaidh mé deoch uisce duit, cabhróidh san leis.'

D'fhéach Fuinneog ar Cháit, mar bhí rud éigin fíorait ag baint léi. Bhí sórt eagla ag teacht uirthi.

'Deoch uisce! Beidh níos mó ná san uaim, féach air seo,' agus dhírigh sí a lámha ar a cuid éadaigh.

Bhí an rud céanna ag rith le Doras, Cáit a bheith aisteach, ní aisteacht ghreannmhar ach aisteacht bhaolach. Thug sé aghaidh ar Cháit. 'Sea, a Cháit, an dtarlaíonn sé seo go minic?'

'Rómhinic, is baolach,' arsa Cáit, 'uaireanta ceapaim go bhfuil mí-ádh ar an áit seo.'

'Tuigim,' arsa Doras.

'An féidir leat athrú éadaigh a thabhairt dom an fhaid is a bheidh mé ag ní mo chuid éadaigh féin?' arsa Fuinneog.

'Bhuel, nílim cinnte, ach gheobhaimid rud éigin duit,' arsa Cáit. 'Ach nílim siúrálta. San áit seo, ní féidir bheith siúrálta.'

D'éist Fuinneog leis seo, agus thug sí féachaint ar Dhoras.

Thosnaigh Cáit ag siúl suas go dtí an teach.

'Cad mar gheall ar an mbó?' arsa Doras.

'Cad mar gheall uirthi?'

'Nár mhaith leat í a ghlanadh?'

D'fhéach Cáit ar an mbó, ansan uirthi féin, ansan ar an bhfeirm mórthimpeall.

'Nuair a thagann cith báistí beidh sí i gceart. Agus má thiteann sí isteach an dara huair fanadh sí ann.'

Lean Cáit suas gan aon rud a rá leis an mbeirt. Bhí Doras chun í a leanúint ach gur stop Fuinneog é.

'A Dhorais, tá eagla orm, níl aon rud ceart ag baint leis an áit seo.'

'Aontaím leat, ach cad is féidir a dhéanamh?'

'Seo leat, imímis ag taisteal arís. Is cuma liom mar gheall ar mo chuid éadaigh, cuireann an bhean seo eagla orm.'

Stop Doras agus d'fhéach sé suas ina diaidh.' Níl aon dochar inti. Níl inti ach stumpa amadáin. Tá an tír lán de dhaoine mar sin. Pé scéal é tá ocras orm.'

'Tá ormsa freisin, ach….'

'Ach?'

'Ach an bhfaighimid rud éigin len ithe? Shaoramar an diabhal bó san agus níor ghabh sí buíochas linn.'

'Bia atá uainn, ní buíochas.'

Leanadar Cáit isteach sa teach. Teach trína chéile a bhí ann, gach rud a bhí ann mícheart—troscán, cuirtíní, pictiúir ar an bhfalla. Bhí an t-urlár gan scuabadh agus rian na gcearc ar fud na háite, rian gabhair in áiteanna eile. Sa phictiúr os cionn an tinteáin is é a bhí ann ná tine. Tine!

Shuigh Cáit síos ar an gcathaoir mhór. Ní raibh ann don mbeirt ach stól fada le falla. Shuíodar air. D'fhéachadar ar a chéile.

'Is dócha,' arsa Cáit, 'go bhfuil ocras oraibh.'

'Tá,' arsa an bheirt le chéile.

Lean Cáit ag féachaint orthu gan aon rud a rá, rud a chuir as go mór d'Fhuinneog. Bhí sé níos deacra cur isteach ar Dhoras.

'Bhuel,' arsa Cáit, 'deinim amach gur daoine tuisceanacha sibh.'

Bhí tost ann go dtí gur labhair Doras.

'Tá súil againn go bhfuilimid tuisceanach.'

'Sea, tá. Dá bhrí san tuigfidh sibh dom nuair a deirim nach bhfuil aon bhia ann.'

Lean tost an-teann an t-eolas seo. Agus nuair a labhair Fuinneog ba léir an eagla ar a guth.

'Sea, a Cháit, an bhféadfá an t-athrú éadaigh san a gheall tú dom a thabhairt dom. Agus cá bhfuil an seomra folctha mar táim fliuch sna héadaí seo.'

'Bhuel, anois chonaic sibh go bhfuil an teach seo lán d'iontais, agus is daoine tuisceanacha sibh. Níl aon seomra folctha anso, mar níl aon uisce againn — ar bharr cnoic atáimid. Ach gheobhaidh mé na héadaí duit.' D'éirigh sí. 'Fan go fóill,' ar sise, agus d'fhág sí an áit. Nuair a bhí sí imithe thosnaigh an bheirt ag déanamh comharthaí ar a chéile, agus gach cogar astu.

'Anois? Rith.'

'Ar maidin.'

'An oíche anso! Róshalach!'

'Is cuma, tá beirthe orainn.'

'Bhuel cá....'

Tháinig Cáit thar n-ais leis na héadaí. 'Seo dhuit,' agus thug sí seaicéad míleata de chuid na Stát Aontaithe di. Ceann mór groí. Agus briste deinime agus mar san de, díreach mar a bhí uirthi féin. Ach chonaic Fuinneog go rabhadar tirim agus — an-tábhachtach — glan.

'Margadh a fuaireas i mBaile Átha Cliath, cúpla mí ó shin.'

'Ba mhaith liom,' arsa Fuinneog, 'iad a chur orm anois, a Cháit, muna miste leat.'

'Sea go díreach, tá na seomraí codlata síos an pasáiste.'

D'éirigh Fuinneog agus thug sí na héadaí léi. D'éist Doras lena coiscéimeanna síos. Stop na coiscéimeanna, agus ansan tost, agus ansan scread bheag agus coiscéimeanna ag rásaíocht thar n-ais. Réab sí isteach sa chistin.

'A Íosa Chríost, a Cháit, cad iad na rudaí san atá ag rith ar fud an tseomra chodlata?'

'Ag rith?' arsa Cáit. 'Ó, níl ansan ach na ciaróga móra gallda, ní baol duit.'

'Ó! Bhuel, nílim ag dul thar n-ais ansan,' arsa Fuinneog agus crith ina glór.

'Ó, tuigim é sin, a chroí, is féidir leat do ghnó a dhéanamh sa scioból, ach ar dtúis téir síos go dtí an sruthán agus dein tú féin a ghlanadh, ansan an scioból agus na héadaí a chur ort agus triomóidh mise na héadaí fliucha duit.'

D'fhan Fuinneog i lár na cistine ag féachaint ó dhuine go chéile, ansan ar sise: 'Sruthán!' Bhí sí chun rud éigin a rá, ach níor dhein ach gabháil amach an doras ina tost.

Chuardaigh sí an áit don sruthán go dtí gur chuala sí é agus ansan níor thóg sé i bhfad uirthi é a aimsiú. Uisce breá glan ag rith le fórsa, le taobh an chnoic síos a bhí ann. Tháinig sí ar pholl mór uisce sa tsruthán agus chaith sí í féin isteach ann. Chuaigh sí faoi uisce arís is arís go dtí go raibh an salachar go léir imithe. Chuir sí a srón leis na héadaí fliucha — bhíodar chomh maith leis an lá ab fhearr a bhíodar riamh. D'fhéach sí ina timpeall cúpla uair chun deimhin a dhéanamh de nach raibh éinne ann. Ní raibh. Dhein sí na héadaí fliucha a sracadh di agus éadaí Cháit a chur uirthi féin agus gach cnead dhéistineach aisti. Nuair a bhíodar go léir uirthi bhí sí caillte in áit éigin istigh iontu. Ar éigean a bhí sí in ann siúl. Bhí náire uirthi a bheith gléasta mar seo agus í ina sprid ag dul suas i dtreo an tí. Ach nuair a shroich sí an teach ní raibh sé de mhisneach inti dul isteach. Ina áit chuaigh sí isteach sa scioból. Bhí sé dorcha — agus ba bhreá léi an dorchadas agus seans nach raibh ciaróga móra gallda ann.

Thuas sa teach bhí scéal eile — cluiche stánaithe — is é sin Doras is Cáit ag stánadh a chéile chun go n-éireodh an duine eile as. Ach níor éirigh éinne as. Agus bhí a fhios ag Doras go mbuafadh sé mar bhí Cáit ag géilleadh. Is é sin go dtí gur thug sé rud faoi deara — Scuab! Cá raibh sé? Ní raibh sé thíos nuair a bhíodar ag sábháil na bó! D'éirigh Doras ina sheasamh. Bhuaigh Cáit — ba chuma leis.

'Scuab!' ar seisean de ghlór beag cráite.

Ach níor tháinig sé. Cad a bhí ar bun? Ansan rith smaoineamh uafásach leis — gadaithe. Rith sé amach as an gcistin gan focal a rá. Chuaigh sé trasna an chlóis agus ghlaoigh ainm an mhadra os íseal. Ansan os ard. Ba chuma — gan toradh. Ansan chuimhinigh sé ar Fhuinneog — ligfeadh sí fead.

'A Fhuinneog,' ar seisean os íseal. Ba chuma — gan toradh. Ansan os ard. Chuala sé únfairt de shaghas éigin ag teacht ón scioból. Síos leis ag rith go dtí go bhfaca sé an sprid i mbéal an gheata. Fuinneog a bhí ann. Dhruid sé suas chuici agus ansan scairt sé amach ag gáire. Ach bhí cuma an-chrosta uirthi agus stad sé go tapaidh.

'Seo an rud is measa a tharla dom riamh, éadaí seanmhná orm, agus mé i mo thaibhse!'

'Bhuel,' arsa Doras, 'nílid chomh holc is a cheapann tú.'

Bhí sí chun tabhairt amach dó ach léim sé isteach le: 'Tá Scuab ar iarraidh.'

Bhain san preabadh aisti. 'Scuab ar iarraidh!' ar sise agus iontas uirthi.

'An ligfeá fead?'

D'fhéach sí i bhfad air. Ansan chuir sí méar ina béal agus scaoil fead chaol ard a chloisfí míle ó bhaile. D'fhanadar. Agus d'fhanadar. Faoi dheireadh chuaigh Fuinneog síos an cnoc go dtí an sruthán agus lig sí feadanna ansan. Chuaigh Doras síos i dtreo an bhóthair mhóir is ghlaoigh sé os ard. Arís gan toradh. Chaitheadar uair an chloig mar san agus, ag an deireadh, bhíodar gan mhadra. Chuir sé isteach go mór ar an mbeirt. Mar a dúirt Fuinneog ba dhuine den gclann é Scuab.

'An bhfuil a fhios agat, a Fhuinneog, cad tá agam á chuimhneamh?'

'Cad é?'

'Tá ár madra i ndiaidh bhitseach de mhadra atá faoi adhall. N'fheadar éinne cén fhaid a bheidh sé ar iarraidh. An dtuigeann tú na cúrsaí seo?'

'Ní óinseach mé. Táimid i dtrioblóid más ea, mar ní féidir linn fanacht anso a thuilleadh. Tá an bhean san ag cur sceimhle orm.'

Díreach ag an bpointe san tháinig Cáit trasna an chlóis chucu. 'Tá chomh maith agaibh fanacht anso sa scioból i gcomhair na hoíche, tá sé go deas tirim. Agus seo libh, tagaigí isteach,' agus bhrúigh sí an geata isteach. 'Tá sé dorcha. Ach tá sibhse óg.'

Níor thuig an bheirt an ceangal a bhí idir óige agus dorchadas, ach ghlacadar leis mar bhí iarracht bheag de sholas fós ann.

'Tá féar anso, tá tuí anso, tá cruithneacht anso, níl a fhios agam cad é seo? Ach tá sibh óg.' Dhírigh sí a lámh ar éadaí fliucha Fhuinneoige a bhí ar crochadh ar an ngeata. 'Más mian leat triomóidh mé na héadaí fliucha duit cois tine?'

'Go raibh maith agat, a Cháit, ach tá siad beagnach tirim cheana féin.'

'Tá go maith mar san, oíche mhaith agaibh.'

Chas sí uathu go liobarnach agus bhain sí plab ceart as an ngeata ar a slí amach. D'éisteadar le coiscéimeanna Cháit trasna go dtí gur bhain sí plab as a doras féin. Scaoil an bheirt osna fhada teannais.

'A bhuí le Dia,' arsa Doras. 'Agus ceist agam ort, cén fáth go gcuirfeadh Máire sinn go dtí an duine seo?'

'Níl tuairim agam,' arsa Fuinneog, 'ach níl aon bhaint ag Máire leis seo. Ach tá baint ag Billí leis.'

'Billí! Bhí sé dearúdta agam.'

'Ná dearúd Billí mar is bithiúnach cruthanta é. A Dhorais, tá sé in am againn caint a bheith againn faoin mí-ádh seo atá orainn.'

'Mí-ádh! Ní chreidim i rudaí mar san. Níl aon mhí-ádh orainn, d'éirigh linn le … le Blackie an madra, agus Missus Mussolini agus Garibaldi agus Pa, agus Scratchy, agus na daoine sa stáisiún traenach, agus Jim agus Máire agus fiú amháin Billí—dá olcas é, níor dhein sé aon rud inár gcoinnibh, fós — agus bhí an t-ádh linn le Scuab, pé áit ina bhfuil sé anois. Agus an bhean seo is straoill amach is amach í ach sin a gnó féin. Is léi an áit seo, ní linne. Fan go bhfeicfimid cén saghas áidh a bheidh orainn amárach.'

'Tá go maith, aontaím leat, bhí mé róchrua ar an saol. Ach cad a dhéanfaimid le Scuab? Braithim uaim go mór é.'

'Is místéir é. Ach molaim duit na héadaí fliucha a thabhairt isteach nó cá bhfios ná go n-imeoidh siad i rith na hoíche.'

Dhein sí rud air. Chuir sí lámh i bpóca fliuch a jeans is thóg sí amach nóta cúig euro. Ba gheall le leitís é. Thug sí fáisceadh eile do na héadaí agus bhain a thuilleadh uisce astu. Ansan chroch ar chúl an gheata iad.

'Is cuma cad a tharlaíonn, táimse ag imeacht ón áit seo go luath ar maidin.'

'OK,' arsa Doras, 'ach an bhféadfá a insint dom cad é an difríocht idir tuí agus féar?'

Shiúil Fuinneog go dtí an tuí a bhí ina charn mór ar thaobh amháin den scioból. Bhain sí dornán tuí amach agus thug do Dhoras é.

'Tá tuí tirim sleamhain, tá féar tiubh bog. Molaim duit codladh a dhéanamh ar an dtuí, táimse chun fanacht ar an bhféar.'

'Sea, OK, tuí domsa. Tá ocras mór orm ach tá an tuirse níos measa. Táim fuar freisin.'

'Níl aon bhaol go bhfuilimse fuar, ach a mhalairt,

is cosúil le puball na héadaí seo orm.'

'A Dhorais, tá ceapaire nó dhó ar an gclaí os comhair an tí — muna bhfuil sé tógtha ag Scuab.

'Tá go maith, muna bhfuil sé tógtha ag an mbean thuas, seo chuige mé.'

D'oscail sé an geata gan aon fhuaim a dhéanamh. Canathaobh chomh ciúin san? Ní raibh a fhios aige, ach bhain sé na bróga de is choinnigh ina láimh iad. Amach leis gan aon fhuaim a dhéanamh ar an ngrean. Chuardaigh sé an claí os comhair an tí agus sa deireadh d'aimsigh é. Ceapaire mór amháin déanta de bhagún cócaráilte. Thóg an radharc a chroí. Thar n-ais leis agus roinneadar ar a chéile é — is é a bhí blasta.

'Ceist amháin agam ort, a Dhorais, is scioból é seo, nach ea?'

'Sea?'

'Tá bolta ar an ngeata ar an dtaobh amuigh. Ach táimid istigh.'

'Sea, táimid istigh.'

'Cén fáth?'

'Táimid istigh mar táimid istigh, cad eile?'

'Ach ba í Cáit a chuir isteach anso sinn. Agus an bolta ar an dtaobh amuigh.'

'Sea, tuigim anois thú, d'fhéadfadh éinne teacht agus an bolta a chur abhaile — agus bheimis faoi ghlas acu.'

'Bheimis i bpríosún acu.'

'Bheimis. Ach níl éinne chun é sin a dhéanamh.'

'Cá bhfios duit?'

Lean tost an cheist agus ba léir nach raibh freagra aige. 'Níl aon fhreagra agam ach....'

'Ach?' arsa Fuinneog. 'Cén fáth gur mhol sí an scioból dúinn i gcomhair na hoíche, é sin atá ag cur isteach ormsa.'

D'éirigh Fuinneog agus shiúil sí amach as an scioból agus d'fhéach sí suas ar an dteach. Bhí dhá sholas ar lasadh sa teach. Ghlaoigh sí amach ar Dhoras agus thaispeáin an dá sholas dó.

'Dhá sholas! Is cuma, deinimid go léir é sin, dhá sholas, trí sholas nach cuma? Tá leictreachas saor.'

'A Dhorais, tá duine eile sa teach in éineacht léi, duine beag ach ní páiste.' Lean tost fada é seo agus Doras ag féachaint uirthi go géar.

'Luprachán!' arsa Doras agus scairt sé amach ag gáire.

'Tusa a dúirt é, ní mise,' arsa Fuinneog. 'Níl aon fhadhb agam leis an bhfocal Luprachán.'

'Cá bhfios duit go bhfuil duine eile ann?'

'Mar nuair a chuaigh mé go dtí na seomraí codlata chun mo chuid éadaigh a athrú thugas faoi deara go raibh seomra amháin brocach, salach, trína chéile, b'in seomra Cháit. Ach bhí seomra eile glan néata ar fad agus na héadaí ar crochadh le maise. Agus bhí an duine ann ach ní fhaca mé ach a scáil. B'in an rud a chuir an eagla ormsa agus ní na ciaróga gallda. Cuireann an rud seo ar fad an scannán san *Creature of the Shadows* i gcuimhne dhom.'

Bhain sé seo geit as Doras mar bhí an scannán feicthe aige.

'Chonaic mé é, agus scanraigh sé mé, caithfidh mé a rá.'

D'fhan an bheirt ina dtost ag féachaint suas ar theach Cháit. Diaidh ar ndiaidh bhraitheadar míchompord nua ag titim orthu.

'A Dhorais, cad déarfa dá n-imeoimis anois díreach?'

D'fhreagair sé tar éis tamaill. 'An áit seo a fhágaint anois, gan Scuab? Agus sa dorchadas?'

Thit tost eile. 'OK, raghaidh mé leathslí leat,' ar seisean. 'Fágfaimid an áit seo ar a cúig a chlog ar maidin nuair a bheidh breacadh an lae ann, agus muna mbíonn Scuab againn imeoimid, mar níl aon leigheas againn ar an scéal.'

Bhí ina mhargadh ag an mbeirt agus shocraíodar ar dhul a luí láithreach, rud a dhein. Ach ar dtúis chuaigh Doras amach go dtí an bolta ar an ngeata agus tar éis tamaill d'éirigh leis é a bhaint den ngeata agus é a thabhairt isteach. Bhí Fuinneog ag rince nuair a chonaic sí é.

'Anois beidh mé ábalta codladh ceart a dhéanamh,' ar sise.

Chuir Doras bairille leis an taobh istigh den ngeata. Sea, bhíodar sábháilte, ní thiocfadh aon rud isteach gan fhios.

Chaith Fuinneog í féin ina 'puball' ar an bhféar, Doras ar an dtuí. Ba ghearr gur thit codladh orthu agus ansan sranntarnach ag baint macalla as an scioból.

Ghluais an oíche isteach i gceart ar an scioból. Chrom

ceann cait in áit éigin ar a ghlaoch oíche, hullú hullú, ach ní raibh éinne ina dhúiseacht chun é a chloisteáil. Tafann gairid ó mhadra rua tar éis an mheán oíche ach níor fhreagair aon mhadra rua eile é. Níos déanaí ná san, asailín ar strae, tháinig go ciumhais an chlóis agus chas thar n-ais arís. Agus ansan tost ársa na hoíche.

Ba é Doras a chuala é ina chodladh agus dhúisigh sé é. Bhí sé dorcha ar fad agus chuala sé análú Fhuinneoige in aice leis. Cad a dhúisigh é? Bhí duine éigin lasmuigh den ngeata, mheas sé. Chuir sé a lámh amach agus rug ar an mbolta. Thug sé misneach dó. Ansan chuala sé arís é. Rud éigin a bhí ag scríobadh an gheata. Cad a dhéanfadh a leithéid? Go hobann rith sé leis, léim sé go dtí an geata agus chaith an bairille i leataoibh agus chuir sé a dhá láimh timpeall an mhadra.

'Scuab, a dhiabhail, cá raibh tú in aon chor uainn?'

Dhúisigh an chaint Fuinneog agus seo í ag rith chucu. Ní raibh sí dearúdta ag Scuab mar thosnaigh sé ag léimt suas uirthi agus á líreac. Bhí gliondar ar an dtriúr ach bhí sé fós róluath san oíche chun imeacht.

Níor dhún sé an geata mar bhraitheadar go rabhadar sábháilte anois agus an madra acu. Thit codladh trom orthu agus níor dhúisíodar go dtí a deich a chlog ar maidin. Bhí solas ag lonradh isteach trí na scoilteanna go léir a bhí i mballa an sciobóil. Léim Fuinneog go dtí a cuid éadaí — bhí fós fliuch. Bhí gach cnead aisti agus iad á gcur uirthi, jeans, léine, anorac. Ach bhí áthas uirthi bheith réidh leis na héadaí eile.

Ach cá raibh Scuab? Chuardaigh Doras an clós. Imithe arís! Ba chuma — bhuailfeadh sé isteach arís chucu.

'An bhfuilimid réidh, a Fhuinneog?'

Bhí éadaí Cháit á bhfilleadh aici. 'Tá,' ar sise. 'Seo linn go tapaidh as an áit seo.'

Agus sin an rud a dheineadar mar ritheadar as an gclós síos go dtí an bóithrín. Nuair a chualadar a gcoiscéimeanna ar an mbóthar bhraitheadar níos fearr. Agus ar ball níos fearr arís. Thángadar go dtí carraig mhór agus chuaigh Doras in airde uirthi agus ghlaoigh sé ar Scuab ach ní bhfuair sé aon toradh. Chuaigh Fuinneog suas agus lig sí mórán feadanna air ach fós gan toradh.

Bhí rud éigin ar siúl gan fhios dóibh mheasadar. Bhí Doras cinnte gur bitseach a bhí ag Scuab — agus drochscéal ba ea é sin. An eagla a bhí ar Fhuinneog ná go raibh Scuab tite as grá leo. D'fhanadar ar an gcarraig idir dhá chomhairle. An bhfanfadh siad nó an imeodh siad? Scrúdaíodar an dúthaigh uair amháin eile — fós gan toradh.

'A Dhorais, an bhfuil a fhios agat cad atá agam á chuimhneamh? An bhean san thuas, ní hí Cáit í.'

'Cáit Diolúin?'

'Sea, dheineamar botún, an óinseach chríochnaithe san, duine eile a bhí inti.'

'Duine! Sin é an baol. Ní duine í. Sprid b'fhéidir.'

D'fhanadar ina dtost ag machnamh ar an méid san.

'Seo,' arsa Doras, 'ná bac an sprid. Bainimis an bóthar

amach, agus má tá fonn ar Scuab bheith linn baineadh sé amach sinn ar an mbóthar!'

'OK,' arsa Fuinneog.

Bhí ina mhargadh. Léimeadar anuas den gcarraig agus bhuail an bóthar. Bhí an dúthaigh go léir ag pléascadh le teaspach, idir ainmhithe is dhaoine, agus ba rud é sin a thug misneach mór dóibh. Shiúladar leo go dtí meán lae nó mar san nuair a stad Fuinneog.

'OK, a Dhorais, tá buaite ormsa. Níl aon bhia againn agus níl airgead againn.'

'Tá plean á bheartú agam.'

'Bricfeasta atá uaim, ní plean.'

B'in í an uair a chualadar an glór. D'éisteadar.

'Cad é sin atá ag teacht?'

D'fhéachadar síos go bun an bhóthair. Chonaiceadar an rud a bhí ag teacht.

'A Mhuire, sochraid!' arsa Fuinneog. D'fhéachadar ar an slua ag casadh an choir agus ionadh orthu ar an méid daoine a bhí ann. Agus chomh tostmhar is a bhíodar.

'Fág an áit, a Fhuinneog, seo chughainn trioblóid, agus deargthrioblóid.'

Léimeadar thar claí isteach agus ghlacadar fothain laistiar d'fhalla.

Ní fada a bhíodar ansan nuair a thosnaigh an slua ag brú isteach san áit chéanna.

'Is reilig í seo ina bhfuilimid, reilig, a Dhorais!'

Ba bheag nár bhéic Fuinneog. Bhí an ceart aici agus chuir an slua tostmhar imní ar an mbeirt. Bhí rud amháin tugtha faoi deara ag Doras, go raibh ag bun an fhalla mar a bheadh oscailt chearnógach déanta de chlocha.

'Seo linn,' ar seisean, agus chuaigh an bheirt ag lámhacán isteach. Bhíodar díreach in am mar tháinig daoine agus stopadar lasmuigh agus d'fhéadfadh an bheirt a gcomhrá a chloisteáil. Nuair a bhíodar istigh d'fhéach Doras ina thimpeall.

'Níl a fhios agam cén saghas áite ina bhfuilimid, táimid i mbosca de shaghas éigin.'

Bhí solas an-lag istigh ach ní raibh sé lag ag Fuinneog. 'Nílimid ná i mbosca, ní bosca é seo ach tuama.'

D'fhéach Doras ina thimpeall go tapaidh. Ansan arís. Ansan ní dúirt sé ach 'Íosa Chríost, tuama!'

D'éirigh an clúmh ar a mhuineál. Sin í an uair a chualadar guthanna na bhfear lasmuigh.

'Féach tuama na Murphys,' agus gan aon doras air.'

'Sea, féach thall an doras, sea, an leac mhór san. Cabhraigh liom é a shocrú isteach arís.' Chuala an bheirt istigh na fir lasmuigh ag útamáil leis an doras. Agus ansan na coiscéimeanna go dtí an tuama agus gach cnead ós na fir agus ansan plimp nuair a leagadar an leac i mbéal an dorais, agus go hobann dhorchaigh an tuama.

'Titfidh an leac san arís. Seo, cuirimis an charraig seo léi.' Agus sin an rud a dhein an bheirt fhear, carraig mhór a chur leis an leac.

'Táimid daingnithe isteach acu,' arsa Doras de chogar, 'chomh daingean le tanc.'

Rug rud éigin ar chroí Fhuinneoige agus bhí sí

díreach chun rud éigin a rá nuair a chualadar an sagart lasmuigh ag caint. D'iarr sé ar dhuine de na gaolta teacht go béal na huaighe agus cúpla focal a rá. Agus sin mar a bhí, gaolta ina gceann is ina gceann ag caint nó ag léamh os cionn na huaighe go dtí go raibh an slua go léir tuirseach tnáite den scéal.

Bhí Fuinneog tuirseach chomh maith agus fuair sí rud éigin chun suí air. Bhraith a lámh rud éigin agus thóg sí suas é chun é a fheiscint i gceart. Bhíodar ag dul i dtaithí ar an ndorchadas agus radharc beag acu ar rudaí. D'fhéach sí ar an rud a bhí ina láimh. Ansan d'fhéach sí arís. Shleamhnaigh focal uaithi i gcogar. 'Plaosc!' Ansan go tapaidh scaoil sí uaithi an rud san agus bhéic sí in ard a cinn, uair, dhá uair agus trí huaire.

Lasmuigh stop an sagart, dhúisigh an slua agus d'fhéachadar ar a chéile. Ach nuair a thosnaigh Fuinneog ag scréachach i gceart, ghlac sceon na daoine ar fad agus an bhean a bhí ag léamh thit sí isteach san uaigh. Chrom sise ar bhéicíl in éineacht le Fuinneog.

'Sprid!' arsa fear.

'Sprid!' arsa bean, agus leis sin seo an slua go léir ag teitheadh as an reilig agus iad ag titim is ag éirí. Chabhraigh an sagart leis an mbean a bhí san uaigh agus ghlanadar leo. Ní raibh fágtha ach tuama agus corrscread ag teacht as go dtí gur stop an screadach.

'Beidh na gardaí anso gan aon mhoill,' arsa Doras.

'Beidh an t-ádh linn má thagann siad.'

Bhain san stopadh astu. Thosnaigh Doras ag iarraidh

an leac a bhrú amach ach bhí sí ródhaingean dó.

'Táimid i gcruachás ceart anso,' arsa Fuinneog. 'Ní féidir an doras a oscailt, agus níl éinne sa reilig chun cabhrú linn. Tá ocras uafásach orm agus tart leis. Gheobhaimid bás anso agus ní bheidh aon ghá le huaigh.'

Thíos ar an mbóthar bhí an sagart ag féachaint suas ar an reilig. Ar deireadh ní dúirt sé ach: 'Deamhan éigin le díbirt, is dócha,' agus shuigh sé isteach ina ghluaisteán is d'imigh.

Istigh sa tuama bhí Fuinneog tar éis an milleán a chur ar Dhoras agus bhí Doras ar buile.

'Tá an milleán ar an mbeirt againn,' ar seisean, ach níor fhreagair sí é. Chuir sí stailc suas, is ní fhreagródh sí é. Tar éis tamaill, thit codladh ar an mbeirt acu agus bhí sé a ceathair a chlog nuair a dhúisíodar.

'Beidh duine anso chun an uaigh a líonadh — cabhróidh sé linn.'

Ach ní fhreagródh sí é. Thosnaigh Doras ag caint leis féin, aon rud amaideach a rith isteach ina aigne.

'An bhfuil a fhios agat, a Fhuinneog, cad iad na hainmneacha a chuirfeá ar do pháistí nuair a bheifeá pósta?'

Ní bhfuair sé freagra ar bith.

Tar éis tamaill dúirt sé, 'Tá a fhios agamsa cad iad na hainmneacha a bheadh agamsa.'

Gan freagra.

'Sea, dá mbeadh buachaill agam, thabharfainn Buicéad air, agus dá mbeadh cailín agam chuirfinn Crúiscín uirthi.'

Lean tost fada é seo. Ansan chualathas scigireacht an-íseal. 'Tá tú as do mheabhair, a Dhorais, ach níl aon mhilleán ort.'

Go hobann léim Doras suas ina sheasamh. 'Éist!' ar seisean.

D'éisteadar agus chualadar rud éigin an-íseal.

'Scuab!' Ghlaoigh Fuinneog amach an focal le fórsa agus fuair sí freagra, tafann caol ón madra a bhí ag iarraidh dul isteach chucu. Bhí an bheirt istigh beagnach ag damhsa le ríméad. Agus sin mar a bhí sa tráthnóna, madra amuigh agus corrthafann as agus beirt istigh agus corrscread astu ar chabhair.

Thosnaigh Scuab ag amhastraigh agus láithreach thuig Doras go raibh duine ag teacht. Labhair an guth amuigh.

'An bhfuil buachaill agus cailín a bhfuil madra acu istigh sa tuama san? Labhair mé leo, ar maidin.'

'Sea, sea, is cuimhin liom thú, a athair,' arsa Doras. 'Mhol tú an madra.'

'Sea, mhol. Agus molaim arís é mar chonaic mé é sa reilig agus thuigeas go raibh rud éigin cearr.'

'Sea, tá rud éigin cearr, tá an doras lán de charraigeacha. An bhféadfá iad a bhogadh?'

Fear cuíosach láidir a bhí ann agus chrom sé síos ag obair. Diaidh ar ndiaidh scaoil sé an charraig mhór, agus tamall ina dhiaidh bhog sé an leac mhór agus bhí an bheirt istigh saor arís. Fear deas ba ea an sagart agus chabhraigh sé leo an bóthar thíos a bhaint amach.

'Táim chun comhairle a chur oraibh,' ar seisean, 'agus seo é é: Má tá baile agaibh brostaigí chuige láithreach mar ní bheidh na Murphys sásta nuair a gheobhaidh siad scéal an tuama.'

Thuigeadar láithreach, agus ghabhadar a mbuíochas leis agus thugadar an bóthar orthu siar.

Sin í an uair a chualadar an tafann. Agus arís. Chonaiceadar uathu é leathslí suas ceann de na cnoic. Ghlaodar air ach ní bhogfadh sé. An raibh sé gortaithe? B'in an rud a chuir ag rith chuige iad. Bhain sé tamall díobh mar bhí srutháin agus claíocha agus coillte beaga rompu. Ach míle tubaiste air mar scéal, nuair a bhíodar in aice le Scuab, cad a dhein sé ach casadh timpeall agus barr an chnoic a bhaint amach. Deineadh dealbha den mbeirt.

'An bhfaca tú é sin?' arsa Fuinneog.

'Cluiche éigin atá ar siúl aige. Tá sé ag iarraidh rud a rá linn.'

'Níor imir sé an cluiche san cheana.'

Bhíodar idir dhá chomhairle. Bhí Doras buartha mar ní fhaca sé aon rud mar seo cheana. An raibh sé ag cailliúint a scile le madraí? Chuir san eagla air.

'Níl ann ach cluiche, imrímis leis é, téanam suas chuige.'

Sea, chuadar suas agus suas agus nuair a bhaineadar

amach an barr ní raibh aon tuairisc ar Scuab. Bhí Doras ar buile. Níor dhein aon mhadra riamh é seo air cheana. Chuardaigh Fuinneog an dúthaigh.

'Feicim é,' ar sise, 'leathmhíle ar aghaidh in aice na coille thall.'

D'fhéach Doras agus chonaic sé é, agus anois bhí sé beagnach ag gol mar bhí sé cinnte go raibh a smacht ar mhadraí imithe.

'Tuigeann Scuab cá bhfuil sé ag dul.'

'Agus ní thuigimidne.'

'Cá bhfuil sé ag dul?'

'Níl a fhios agam ach tá rud mar seo ag rith trí m'intinn, go bhfuil duine éigin i dtrioblóid agus go bhfuil Scuab chun sinn a threorú chuige. Nó rud mar san.'

'B'fhéidir go bhfuil an ceart agat. Ach tá súil agam nach Cáit eile atá ann.'

'Ach ní thuigim cén fáth nach bhfanann sé linn.'

'Dá bhrí san caithfimid brostú,' arsa Fuinneog.

As go brách leis an mbeirt agus Scuab i bhfad chun tosaigh orthu. Ach gach iarracht a dheineadar chun teacht suas leis an madra bhí sé róthapaidh dóibh. Chaitheadar ceithre uair an chloig ag leanúint an mhadra trí choillte agus trí pháirceanna go dtí an pointe inar chaith Fuinneog í féin síos ar an dtalamh le tuirse.

'Tá mo chuid éadaigh tirim ach tá siad salach anois. Tá buaite orm, a Dhorais. An bhfuil aon seans go bhfuil galar éigin tógtha ag Scuab? An bhfuil baint ag an rud seo le Cáit Diolúin?'

'Níor chuimhnigh mé air sin. Ní bheadh aon ionadh orm.'

Stop an bheirt agus ag éisteacht leis na hanálacha thuigfeá go raibh buaite beagnach orthu. In áit éigin chun tosaigh orthu bheadh Scuab ag glacadh sosa. Ach ba chuma, thuigeadar go rabhadar gafa ag Scuab. Chaitheadar uair an chloig nó mar san ar an dtalamh agus gach gearán astu. Bhíodar an-deas i gcónaí le Scuab. Cén fáth go raibh sé anois casta ina gcoinnibh? Agus bhí ocras uafásach orthu. Agus gach aon chur síos acu ar an mbia ab fhearr leo, burgar marfach agus dingeacha prátaí a bheadh ó Dhoras, cois uaineola agus pis a bhí ó Fhuinneog.

Ansin dúradar nach raibh aon rogha acu ach dul ar aghaidh i ndiaidh Scuab agus an scéal a scrúdú ansan nuair a bheadh siad suas leis. Agus sin é díreach an rud a dheineadar. Thángadar ar bhóithrín agus bhí áthas orthu mar bhí na claíocha agus na páirceanna róchrua dóibh. Ach ní raibh aon tuairisc acu ar Scuab. Leanadar leo gan fiú comhrá. Bhíodar i ndeireadh na feide.

Lean an bóithrín ag síneadh is ag casadh. Shíneadar is chasadar leis. Féachaint dár thug Fuinneog laistiar cad a chífeadh sí ar a sála ach Scuab macánta. Ní dúirt sí focal le Doras ach leanadar leo go dtí gur shiúil Scuab cúpla slat rompu. Bhí Doras chun béic a ligint ach dúirt Fuinneog leis bheith ina thost mar bhí sí cinnte go raibh cleas éigin ar siúl ag Scuab.

Chasadar cor sa bhóithrín agus cad a bheadh díreach rompu amach ach teach feirme. Bhí an geata ar oscailt. Cad a tharlódh ach gur stop Scuab i mbéal an gheata. Stop an bheirt laistiar de. Shuigh Scuab. D'fhéach an triúr uathu ar an teach. Níor tharla aon rud go dtí gur osclaíodh an doras agus gur tháinig bean mheánaosta amach. Bhí sí gléasta go néata, dar le Fuinneog, aprún deas gorm uirthi, gruaig liath agus spéaclaí. Theastaigh ó Fhuinneog deimhin a dhéanamh de nach Cáit eile a bheadh ann. D'fhéach an bhean go géar orthu. Ansan chas sí uathu agus chuaigh isteach. Má dhein, tháinig sí amach le fear meánaosta agus stopadar agus stánadar ar an dtriúr. Bhí seaicéad trom oibre ar an bhfear, buataisí, agus mar a bhí ag an mbean, spéaclaí.

Go hobann chonaic an fear rud éigin agus thosnaigh sé ag útamáil leis na spéaclaí. Ansan thóg sé coiscéim chun tosaigh. Má dhein, lig Scuab glam as agus rith agus léim go dtí an fear. Léim sé ar an bhfear — chuir an fear an dá láimh timpeall an mhadra agus rug barróg air.

Ba bheag nár thit Doras as a sheasamh mar mheas sé go raibh Scuab ag ionsaí an fhir. Lig an bhean scread aisti: 'Luke, Luke,' ar sise agus rug sí ar an madra agus phóg é.

Bhí an bheirt ag an ngeata thar a bheith buartha. Bhí a madra ag imeacht uathu. Thosaigh Fuinneog ag gol. 'Seo an rud is measa a tharla riamh dom,' ar sise.

Tháinig an bheirt fásta amach go dtí an bheirt. 'Thug sibh ár madra thar n-ais chughainn, míle buíochas ó chroí.'

'Tar isteach, táimid díreach chun an dinnéar a bheith againn, fáilte mhór rómhaibh,' arsa an bhean. B'in iad na focail ba mhilse a chuala an bheirt le fada an lá.

Isteach leo sa teach agus shuíodar chun boird agus cad a bhí ar an mbiachlár ach burgair mhóra ghroí. Ach sara raibh aon ghreim ite acu d'inis an bheirt a scéal féin, ansan scéal an mhadra, suas go dtí an nóiméad deireanach. Fuair an bheirt amach gur dearthair agus deirfiúr a bhí iontu agus gan ceachtar díobh pósta. Agus rud an-tábhachtach, bhí cabhair ag teastáil uathu. Bhí Dónall agus gan an drom go maith aige, agus Treasa, uaireanta bhí dathacha uirthi agus cabhair uaithi. Agus bhí a dteach féin acu — dhá theach ar dhá thaobh an tsrutháin.

Fuair Fuinneog scéal Cháit Diolúin amach. Bhí 'néaróga uirthi'. Níor thuig Fuinneog é sin ach thuig sí an crot a bhí ar an teach níos fearr anois agus bhí sí an-sásta. Chomh maith leis sin bhí dearthair aici a bhí ina abhac.

D'inis Fuinneog do Threasa mar gheall ar Mháire agus Billí.

'Ó, mhuise, Máire bhocht, bhfuil an bastún san Billí fós aici?'

'Tá.'

'Fan ón nduine san,' arsa Dónall, 'nó beidh tú gan rud éigin.'

'Bhfuil an fón fós aici?'

'Tá,' arsa Fuinneog, 'ach gan ar a cumas é a úsáid.'

'Máire bhocht, glaofaidh mé uirthi ar ball.'

Lean na scéalta go léir go dtí go raibh an dinnéar ar an mbord agus gal ag éirí de.

An fhaid is a bhí an dinnéar á ithe thug Treasa agus Dónall eolas na háite dóibh. Caoirigh a bhí acu, agus sin é an fáth go raibh an madra uathu. Seaimpín sna trialacha madraí ba ea Scuab.

Mhínigh Fuinneog go rabhadar tar éis ainm eile a thabhairt ar an madra. Scuab!

'Scuab?' arsa Treasa.

'Sea,' arsa Fuinneog agus bhí uirthi an scéal ar fad faoi ainmneacha a insint di.

'Doras agus Fuinneog,' arsa Dónal agus Treasa le chéile agus phléascadar amach ag gáire.

'Is tusa Fuinneog agus is tusa Doras ar an bhfeirm seo ach má thagann éinne go dtí an doras, is Penelope agus Dorian atá oraibh.'

Ghlacadar leis sin.

Mhínigh Dónall do Dhoras go raibh sé an-ghnóthach leis na caoirigh mar bhíodar ag bearradh na gcaorach. Agus ní hamháin go raibh Scuab uathu ach bheadh Doras uaidh chomh maith mar ní raibh rith aige a thuilleadh.

Ar mhaith leis cabhrú? Ba bheag nár léim Doras air, bhí sé chomh tógtha san leis an smaoineamh. 'Is brionglóid í seo,' arsa Doras.

Agus bhí cabhair eile ó Threasa, chun an cluiche beiriste a imirt.

'Ach níl a fhios agam conas,' arsa Fuinneog.

'Ó, foghlaimeoidh tú é sin de réir a chéile. Páirtnéir atá uaim. Beidh spórt againn, tig leat fanacht i mo theachsa, agus Doras le Dónall.

Nuair a bhíodar trí lá ann d'iarr an bheirt ar an mbeirt fanacht a thuilleadh. Agus tar éis a thuilleadh, bhí a thuilleadh arís. Agus mar san go dtí gur chuir Treasa fios ar dhearthair eile a bhí acu a bhí ina ollamh le leigheas in ollscoil i mBaile Átha Cliath. Agus tháinig sé agus dúirt sé go socródh sé gach rud leis an dteach altramais agus an dílleachtlann.

Agus dhein.


Lá dá raibh Doras agus Scuab ag filleadh abhaile go dtí an dinnéar casadh Fuinneog orthu.

'Táimid ar mhuin na muice,' arsa Doras léi.

'Ná bac na muca, an bhfuilimid tagtha abhaile?' arsa Fuinneog.

Chaith Doras tamall ag féachaint amach ar an dúthaigh go léir a bhí leata amach síos uathu.

'Táimid tagtha abhaile,' ar seisean.

Bhí tost ann go dtí gur thosnaigh Fuinneog ag pusaíl ghoil. Tar éis nóiméid shín Doras ciarsúr páipéir glan bán chuici.

'Le dea-mhéin ó Mhissus Mussolini,' ar seisean.

# Gealach
Seán Mac Mathúna

Ar fheirm mhuintir La Tour i Nova Scotia tá Gealach, ceann de na capaill ráis is fearr i gCeanada. Agus í á tabhairt i mbád trasna an chuain titeann Gealach san fharraige. Sa cheo trom imíonn an capall as radharc. Cuirtear saol na feirme bunoscionn. Ní chreidfidh an cúpla, Jack agus Liz, go bhfuil Gealach báite, agus téann siad ar a tóir. Ach tá an t-am ag sleamhnú: tá fiacha móra ar an bhfeirm agus, gan Gealach, caillfidh siad an teach agus gach rud atá acu? Ní hamháin sin, ach tá searrach á iompar ag Gealach agus má tá sí fós beo, caithfidh siad teacht uirthi go tapa!

"Ropleabhar a rachadh faoi chroí an léitheora, idir óg is aosta. Lasann chuile radharc ar an leathanach."
—*Aifric Mac Aodha*

"Seo ceann de na leabhair is fearr dá bhfuil léite agam sa Ghaeilge. Meallfaidh sé idir óg agus aosta."
—*Ríona Nic Congáil*

"Insint eipiciúil lán teannais. An-scéal ar fad."
—*Ciarán Ó Pronntaigh*

"A story that sits comfortably somewhere between Ros na Rún and Black Beauty." — *Pól Ó Muirí, The Irish Times*

# Hula Hul
Seán Mac Mathúna

"Ciarraí, 1923. Ar bharr an choma thuas chas sé agus d'fhéach sé thar n-ais. Bhí sí fós ann, le hais an tobair, is a buicéidín aici is í ag féachaint suas air. D'fhéach sí beag, leochaileach, uaigneach. Thuig sé na trí rud san go maith. Ní raibh sé riamh le bean." Insíonn Seán Mac Mathúna scéal Mhait Dálaigh, fear nach raibh riamh le bean; scéal Cháit Bhric, bean óg a bhfuil a saol caite aici ag sclábhaíocht; agus scéal Bhreen, ógánach slachtmhar a bhfuil a chrois féin le hiompar aige trí shneachta shléibhte Chiarraí agus é ina chogadh dearg ar gach taobh de.

"Leabhar aoibhinn.... Ní leagfaidh tú uait an leabhar seo. Tá greann, seanbhlas, traidisiún, nualaíocht, nádúr, agus céad ceist nua sa leabhar seo. Dúiseoidh ainmneacha sa leabhar seo taibhsí as beatháisnéisí ón tréimhse sin ort ach is daonna go mór na carachtair anseo." —*Máire Ní Fhinneadha, Foinse*

"Tuigeann Mac Mathúna síceolaíocht; tuigeann sé éad, saint, sotal, urraim agus grá, agus bíonn iomlán léir na nithe sin ag iomarscáil lena chéile sna carachtair a chruthaíonn sé."
—*Pól Ó Muirí, Beo*

"Máistir i mbun pinn." —*Éilis Ní Anluain, The Irish Times*

"Léiriú ealaíonta ar thréimhse chorrach i stair na tíre seo."
—*Lá Nua*